Su cereza

Su cereza

Penelope Bloom

Traducción de Ana Isabel Domínguez Palomo
y María del Mar Rodríguez Barrena

TERCIOPELO

Título original: *Her Cherry*

© 2018, Publishing Bloom LLC

Primera edición: mayo de 2019

© de la traducción: 2019, Ana Isabel Domínguez Palomo
    y María del Mar Rodríguez Barrena
© de esta edición: 2019, Roca Editorial de Libros, S. L.
Av. Marquès de l'Argentera 17, pral.
08003 Barcelona
actualidad@rocaeditorial.com
www.rocalibros.com

Impreso por Egedsa
Sabadell (Barcelona)

ISBN: 978-84-947185-6-4
Depósito legal: B. 9097-2019
Código IBIC: FRD

RT18564

1

Hailey

$\mathcal{M}$i abuela siempre decía que la repostería era una cura para la tristeza. Mi abuelita era un sol y horneaba unas galletas que estaban para morirse, pero se equivocaba. A esas alturas, yo llevaba dos años sacando del horno de mi pastelería tartas de cereza, hojaldres, cruasanes, *bagels* y cualquier otro capricho dulce que se te ocurra y, según mi propia experiencia, lo único que la repostería curaba era la delgadez y la entrega a las dietas.

De todas formas, yo no estaba triste. Acababa de cumplir los veinticinco y había llegado a la conclusión de que no podía seguir esperando a que la vida fuera a buscarme. Llámame lerda si quieres, pero siempre había pensado que si mantenía la cabeza gacha, trabajaba duro y era buena persona, lo demás vendría rodado. En cambio, lo único que había conseguido era hacer un cómodo surco en la rutina diaria, cada vez más hondo, mientras el tiempo pasaba cada vez más rápido. Si no me andaba con ojo, acabaría siendo una octogenaria virgen que horneaba unos *cupcakes* orgásmicos. Capacidades asombrosas para hornear, pero vida triste. Ese no era precisamente mi sueño. En el fondo, sabía que si seguía evitando las oportunidades, de la misma manera que evitaba la seda dental salvo el día anterior a la cita con el dentista, acabaría siendo esa repostera mayor, arrugada y virgen.

La repostería era fácil. Era cuestión de añadir tal cantidad de esto, quitar tanto de lo otro, poner el horno a tal temperatura, dejar que repose tantos minutos. Era una ciencia exacta y si seguías las recetas al pie de la letra, sabías qué esperar. Eso me gustaba. Era mi refugio, y si mi hermana y Ryan, mi único empleado, no me dieran constantemente la lata con mi falta de vida social, seguramente me habría zambullido en la repostería tan de lleno que me habría perdido por completo. Mis planes para los fines de semana consistían en recorrer los mercadillos locales en busca de productos frescos, probar nuevas recetas e intentar perfeccionar las que ya dominaba. La repostería era mi vida. No me sorprendería que por mis venas corriera relleno de cereza. La verdad, llevaba encima más harina que maquillaje. En un lado estaba la repostería y, en el otro, mi vida. Era fácil pensar que algún día ambas se encontrarían, que todos mis sueños de expandir el negocio y de perfeccionar mis recetas acabarían provocándome la emoción que sentía que me faltaba. Pero había días en los que tenía la impresión de estar encerrada en una jaula de hojaldre; sí, era crujiente, pero una jaula es una jaula.

Me encantaba lo que hacía, pero… abuelita, la repostería no era la panacea.

Solo tenía que mirar el maltratado libro de texto sobre el que se apoyaba una de las patas del horno. Lo había comprado de segunda mano y cojeaba de una de las patas. El tamaño perfecto para poner debajo *Biología marina y dinámica de los ecosistemas insuficientes*. Según el título, parecía que alguien hubiera cogido unos cuantos términos científicos y los hubiera pasado por una batidora, de manera que cualquier estudiante se sintiera más listo solo por llevar el libro debajo del brazo. Y, por si eso no bastara, luego le plantaron la pegatina con el precio: trescientos dólares. Cuando la librería de la facultad se ofreció a comprármelo por diez dólares les dije que se metieran los diez dólares por allí mismamente.

Bueno, más bien lo pensé. En realidad, a lo mejor sonreí de forma correcta, dije un educado: «No, gracias», y después volví a casa escuchando a Matt Costa para relajarme. Llevaba toda la vida tratando directamente con el cliente y sabía que era injusto ponerse borde con la persona de detrás del mostrador por algo que se escapaba a su control.

Así que había puesto a trabajar al libro durante los últimos seis o siete años. Si no pensaban devolverme los trescientos dólares, encontraría trescientas maneras de darle uso. Primero, me sirvió de tope para la puerta de la residencia de estudiantes mientras acababa del grado de sociología que a esas alturas estaba cogiendo polvo en algún archivador. Nos habíamos tropezado con él, lo habíamos pisado y había sufrido muchas más humillaciones... En una ocasión, incluso lo llamé gordo después de golpearme el dedo gordo de un pie contra él, y admito que me pasé de la raya, sí, pero no iba a disculparme con un libro, la verdad. Cuando no trabajaba como tope de puerta, tenía un segundo empleo aplastando arañas. Lo usé como almohada, después de que mi gato decidiera vomitar en la mía. Incluso garabateaba en los márgenes. ¿Al cabo de los años? Servía como apoyo de mi horno. En esencia, era la piedra angular de mi negocio.

A lo mejor me estoy pasando, vale. Pero la verdad y la ficción se parecían más de lo que la gente imaginaba. Solo hacía falta un empujoncito en la dirección adecuada, un pellizquito, tal vez un toquecito con un nudillo, y *voilà*. La píldora resultaba más fácil de tragar. O, en el caso que nos ocupa, el *muffin*.

En resumidas cuentas, diría que después de todos estos años, el libro valía veinte dólares. Solo me quedaban 280 para recuperar la inversión. También había otra razón, por supuesto, por la que conservaba el dichoso libro cuando los demás los vendí para sacar pasta. Fue en él donde escribí su nombre por primera vez dentro de un corazón. Era el que llevaba cuando hablamos por primera vez después de clase, apretado contra el pecho mientras el corazón me latía muy deprisa. Nathan. Él era el culpable de mi estado virginal, al menos en parte. No sabía si existía un trastorno de estrés postraumático después de haber sido víctima de acoso, pero en caso de que se pudiera aplicar, Nathan me lo había provocado. Me había convertido en una maestra a la hora de alejar de mi vida a todas las personas con pene. Mantener el libro era similar a colgar en mitad de mi vida un cartel que dijera: «Cuidado con los penes, son peligrosos».

Dejé la última tarta de manzana sobre la mesa de acero inoxidable cubierta de harina emplazada al lado del horno. Todas parecían perfectas. Y deberían serlo. No tonteaba con la repostería. Tenía un cuaderno lleno de recetas y de las variaciones que había ido probando hasta dar con el equilibrio perfecto de sabor y textura. Páginas y páginas con apuntes sobre las diferencias entre una taza de azúcar rasa, una taza de azúcar colmada, una taza de azúcar sin llenar del todo, una taza de azúcar añadida en dos veces, etcétera, etcétera. Si la repostería era una ciencia, yo era la científica loca. La hechicera de los *cupcakes*. Si la gente viene a mi pastelería para darse un capricho, puede estar segura de que va a disfrutar de cada bocado.

La repostería no me curó de la sensación de vacío que se había instalado en lo profundo de mi corazón, pero me dio un propósito. Sabía que se me daba bien, y en el futuro quería ampliar el negocio. Claro que el primer paso era descubrir la forma de pagar las facturas. Pero, oye, si la dominación mundial fuera fácil, todo el mundo se lanzaría.

Mi hermana pequeña, Candace, se pasó por la pastelería de camino al trabajo. Era editora de la revista *Mundo empresarial* y siempre se pasaba en busca de un *bagel* antes de ir a trabajar. Su corta melena rubia se agitaba con cada paso que daba hacia el mostrador, aunque más que andar, brincaba. Se colocó las gafas del sol en el pelo a modo de diadema y movió las cejas mientras miraba la vitrina.

Me sacudí la harina de las manos y, después, le di una patadita al libro porque sí. Deseé poder dársela a Nathan, pero tendría que conformarme con el libro. Qué pena que no funcionara cual muñeco de vudú.

—¿Qué tal está mi virgen preferida esta mañana? —me preguntó mi hermana con alegría.

—Sabes que puedo escupirte en el *bagel*, ¿verdad? —Me preparé para lo que estaba por llegar. Candace me soltaba el sermón virginal una vez al mes más o menos, probablemente cuando peor pinta me viera.

—¡Oh, saliva de una virgen! Me han dicho que tiene poderes mágicos. Por favor, ponme un poco con el *bagel* de queso crema.

—Qué guarra eres. El único poder que tiene mi saliva es el de ser antiafrodisíaca, teniendo en cuenta mi historial.

—Mmm… Me da que eso es un no.

—En fin, si dejaras de llamarme virgen a pleno pulmón tan a menudo, la gente que me rodea no se enteraría.

—La gente que te rodea. A ver. ¿Ryan y la abuela?

—Gilipollas —murmuré. Me di media vuelta y golpeé las bolas de masa con los puños. No era exactamente la técnica que había descubierto que producía la mejor consistencia, pero me relajaba un montón.

—Bueno, supongo que también está…

—No se habla de él, ¿recuerdas? —la interrumpí.

—Hailey, no es sano guardarse las cosas. ¿No has visto *Yo, yo mismo e Irene*? En la película, Jim Carrey pensó que sería buena idea guardarse las cosas, ¿y qué le pasó?

Me encogí de hombros.

—¿Algo malo?

—Desde luego que fue malo. Desarrolló una doble personalidad, la de un desquiciado. Como no tengas cuidado, acabarás compartiendo la custodia de tu cuerpo con una loca llamada Hanketta que se pelea con niños de seis años en los restaurantes. ¿Eso es lo que quieres?

—¿Es una pregunta retórica?

Mi hermana se inclinó sobre el mostrador y me miró como si fuera un animal herido y triste.

—Solo quiero que seas feliz.

—Bueno, pues lo que yo quiero es que mi hermana deje de preocuparse por mi inexistente vida sexual y se preocupe por cosas más importantes.

—Ah, vale. Que el sexo no importa. Hay que gritarlo a los cuatro vientos, que la raza humana ha estado haciéndolo mal.

Que detengan las máquinas. Que aparten los penes. Que rompan los moldes de todos los consoladores. ¡Cerraos de piernas, hemos acabado! ¡El sexo ha estado sobrevalorado todo este tiempo!

—¿Moldes de consoladores? ¿En serio?

Candace se encogió de hombros.

—¿Cómo te crees que los fabrican?

La miré echando chispas por los ojos.

—Prefiero no pensarlo. Solo intento decir que no tengo prisa por tirarme a lo primero que vea.

—Pues a lo mejor deberías. Piénsalo. Tienes la friolera de veinticinco años. Veinticinco años esperando para convertir el tema en algo vital que puede cambiarte la vida. Nena, has puesto el listón demasiado alto. Sácate el palo del culo y relájate un poco.

—¿Que me saque el palo del culo y me relaje…? Un sabio consejo de parte de Candace. A lo mejor lo uso como tu epitafio.

—¿Quién ha dicho que yo seré la primera en morir? Que sepas que en tu tumba pondrá: «Aquí yace la virgen más triste y anciana del mundo. Si hubiera dejado que algún tío se la metiera, a lo mejor la habríamos enterrado con una sonrisa».

Cogí con brusquedad un *bagel* de la vitrina y lo unté con queso crema sin muchos miramientos. Le puse más de lo que a ella le gustaba, pero me daba igual. Lo envolví con papel y se lo ofrecí.

—Si has acabado de hablar, aquí tienes el *bagel*. Ryan llegará dentro de poco, y que sepas que es peor que tú a la hora de intentar emparejarme con alguien, y tú tienes la culpa, así que ¿por qué no descansas un rato y dejas que él siga dándome la tabarra?

Candace cogió el *bagel*.

—Si se lo dije, fue para ver si era él quien por fin te quitaba las telarañas y le ponía la guinda al pastel. ¿Cómo iba a saber yo que se lanzaría de cabeza a ser tu amigo y se convertiría en un casamentero?

Di un respingo.

—A veces te pasas con las metáforas.

—Qué cariñosa eres. Oye, ¿qué es esto? —me preguntó mientras cogía el sobre que yo había abierto y había dejado sobre el mostrador.

Se lo quité al instante.

—Nada. Publicidad.

—Ah, sí, la típica publicidad que te mandan para avisarte de un desahucio. A mí me tienen frita también. Muy bien, guapa, cuida tu virginidad. —Me lanzó un beso y se fue con el *bagel* en la mano.

Miré la carta después de que se fuera. Era un aviso de que tenía un mes para pagar el alquiler del apartamento o me desahuciarían. Todavía no sabía cómo iba a salir de esa, teniendo en cuenta que solo me quedaban dos semanas para pagar el alquiler de la pastelería si no quería retrasarme en el pago por tercera vez en lo que iba de año. Suspiré. Siempre encontraba la manera de seguir a flote, y eso era lo único que tenía que hacer. Unas semanas más, unos cuantos clientes más, y al final la pastelería pagaría todos los gastos.

Zarandeé con fuerza la amasadora hasta que empezó a funcionar como debía. Casi todo lo que había en la pastelería estaba bastante ajado, pero era mío. Era muy satisfactorio saber que lo había comprado todo con el sudor de mi frente. El negocio era mi bebé y las tartas de manzana... ¿Los bebés de mi bebé? Supongo que la cosa se ponía rara si la analizaba en profundidad. Me encantaba la pastelería, porque aunque el resto de mi mundo parecía estar a punto de desmoronarse, siempre podía contar con ella. Mi pequeño santuario, aunque a veces parecería una jaula.

Ryan apareció a la hora esperada, como siempre. Acababa de salir de la universidad y era guapo a rabiar, o más bien estaba buenísimo; pero, por algún motivo que no entendía, había conectado con él desde el principio como si fuera mi hermano. Él debió de sentir lo mismo, porque empezamos a tratarnos como hermanos que no se habían visto nunca desde su primer día de trabajo en la pastelería. Se pasaba los días intentando arreglarme la vida y yo me pasaba los días tratando de alejarlo de los problemas que parecía encontrarse sin proponérselo.

Llevaba la cabeza rapada, tenía unos cuantos tatuajes, no demasiado exagerados, y una complexión fuerte, con los brazos musculosos de un hombre que ha amasado mucho a mano. Sus ojos eran de un cálido castaño.

—¿Una cita calentita esta noche? —me preguntó.

—En fin, Candace acaba de irse sin haber podido echarme el sermón que quería. ¿Te parece que dejemos para otro día la charla sobre la virginidad? —Empecé a desmoldar las tartas con cuidado.

Ryan se colocó a mi lado y se apoyó en el mostrador, tras lo cual me dio un leve puñetazo en el brazo y me miró con tanta lástima que no pude evitar derretirme. Sí, estaba harta de sus constantes intentos por meterme de lleno en el mundo de las citas, pero sabía que lo hacía con buena intención y por eso mismo no podía culparlo.

—Vamos a hacer una cosa. Hoy vas a elegir a un tío. A cualquiera. —Sonrió de oreja a oreja porque se le ocurrió algo de repente—. El primero que compre una tarta de cereza. Ese será el elegido. Échale cara. Sé tú misma. Dile algo atrevido. No tienes que pedirle una cita ni nada de eso. Solo tirarle los tejos y a partir de ahí ya avanzamos.

Suspiré.

—Aunque la idea me gustara, ¿y si el primer tío que compra una tarta de cereza tiene bigote de pedófilo y lleva las mangas manchadas porque se limpia los mocos con ellas?

—Vale. El primer tío que compre una tarta de cereza y que no parezca rarito. ¿Mejor así? Además, ¿quién cojones lleva las mangas manchadas de mocos? ¿Con qué gente te relacionas?

—Muy gracioso —repliqué mientras intentaba rehusar la idea antes de acceder a hacerlo. Candace y él parecían creer que el sexo era la solución a todos mis problemas. Yo no lo tenía tan claro, aunque no se me escapaba la ironía de que me pasaba el día vendiendo tartas de cereza sin haberle puesto la guinda al pastel de mi virginidad.

—No tiene gracia ninguna —protestó Ryan—. Es una apuesta. Estoy hablando en serio, Hailey.

—¿Una apuesta?

—Sí. ¿Te acuerdas de todos los días libres que he estado guardando?

—Sí... —contesté despacio, temiendo los derroteros que estaba tomando la conversación.

—O aceptas la idea, o me los pido todos juntos la semana de la Feria de Sheffield.

El pánico me atenazó el pecho. La pastelería estaba a las afueras de lo que se consideraba el centro de la ciudad de Nueva York, pero una de las mejores oportunidades para que las pastelerías se hicieran un nombre era la Feria de Sheffield y su concurso de galletas. La cadena de televisión Food Network emitía el concurso y luego hacía especiales con las pastelerías de los ganadores. Iba a ser muchísimo trabajo y Ryan sabía que no contaba con nadie más para ayudarme a preparar todo lo necesario.

—No se te ocurrirá... —dije.

Él se encogió de hombros.

—Supongo que solo necesitas hacerte una pregunta. ¿Te sientes afortunada, virgen? Eh, ¿te sientes afortunada?

—Qué gilipollas eres —mascullé.

Ryan parecía demasiado complacido consigo mismo, pero sabía que me tenía entre la espada y la pared.

—Así que, ¿apostamos o qué?

—Sabes que ahora no puedo negarme. Pero que no se te ocurra cambiar las reglas. Solo tengo que tontear con él. Decirle algo. Ya está.

—Ya está. De momento.

Y así empezó todo. No fue un cambio drástico con respecto a lo que era una mañana normal entre Ryan y yo, salvo por la ridícula apuesta, claro. Mi amigo, tan comedido por regla general, acababa de aumentar el nivel de presión, pero me olvidé del tema en cuestión de minutos.

Comenzamos a preparar la vitrina, a hornear el pan, que

perdía la frescura mucho antes que los dulces, y al final preparamos una tanda de *bagels*, que eran los reyes de las mañanas.
Muchos clientes se llevaban también un pan para más tarde o
una tarta para comerla de postre después de cenar cuando ve-
nían a comprar su *bagel* diario.

Jane fue nuestra primera clienta, como casi todos los días.
Juraría que tenía un traje pantalón de marca distinto para cada
día del año, porque no la había visto nunca repetir modelito.
Pasaba de los cuarenta y era todo lo que yo esperaba ser algún
día. Poderosa. Autoritaria. Segura. Estilosa. No sabía por qué,
pero no la veía guardando un libro de texto de la universidad
para usarlo como saco de boxeo con el que desahogar las frus-
traciones generadas por un exnovio acosador.

Me miré el delantal manchado de harina y los aburridos
vaqueros que llevaba debajo. En la parte superior llevaba un
sencillo polo rosa con el logo y el nombre de la pastelería en
el pecho: «El Repostero Dicharachero». El logo era un muñe-
quito regordete con el típico gorro de cocinero haciendo una
pompa con un chicle. Seguramente habría sido más realista
llamarla «La repostera que no es capaz de mirarte a los ojos
mientras te habla» o quizá «La cereza en conserva de Hailey», pero de alguna manera no encontraba esos nombres
atractivos para la clientela.

La mujer me dio las gracias e hizo el mismo chiste de
siempre.

—Tengo que salir pitando para no pillar atasco. —Se echó
a reír—. No de forma literal, claro está.

No sabía si lo que le hacía gracia era la idea de ponerse a
pitar o si lo gracioso era la parte del atasco. En cualquier caso,
le sonreí y agité una mano a modo de despedida, como todos
los días.

Las siguientes horas pasaron mientras atendía a los clientes habituales, a algunas caras nuevas y a algunos interme-
dios. Me encargué de reponer lo que se iba quedando vacío
mientras Ryan los atendía. Me gustaba tratar con las personas, pero acostumbraba a espantarlas. Antes de conocer a

Nathan, era la persona más extrovertida del mundo a la hora de hacer amigos; pero, después, me convertí poco a poco en una huraña, lo que me había conducido, efectivamente, a la existencia solitaria que llevaba.

Se oyó el tintineo de la campanilla de la puerta y me volví para saludar al cliente al menos con un asentimiento de cabeza y una sonrisa, pero me detuve nada más verlo. Era alto y musculoso, de pelo oscuro y despeinado como solo pueden llevarlo los que saben que son guapos y se lo pueden permitir. No tenía un corte de pelo definido, ni lo llevaba con un estilo concreto, pero esa falta de estilo era precisamente lo que aumentaba su atractivo y parecía proclamar: «No necesito peine ni productos capilares con la cara y el cuerpo que hay debajo». Desde mi punto de vista, no podía estar más de acuerdo. Claro que jamás mantendría una discusión con el pelo de otra persona. No en voz alta, al menos.

Llevaba el traje como me imaginaba que solo podía llevarlo el malo de una peli. Con demasiados botones desabrochados como para parecer profesional. Además, parecía orgulloso de que asomaran los tatuajes que tenía en el torso y en los brazos. Exudaba un aire de chulería y seguridad en sí mismo que había que estar ciego para no ver.

¿Yo? No estaba ciega. Me quedé allí plantada como una tonta, con la boca abierta, los ojos como platos y las manos, lacias a los lados, hasta que me di cuenta de que Ryan pasaba del recién llegado de forma deliberada.

El desconocido me miraba con los ojos más azules que había visto en la vida, capaces de provocar un infarto. Levantó despacio una ceja. El tiempo pareció detenerse. No sabía cuánto rato llevábamos en silencio. ¿Tres segundos? ¿Cuatro?

—El Repostero Dicharachero —murmuró con una maravillosa voz ronca que no podía ser más perfecta y masculina—. Es obvio que no se refiere a ti, porque de lo contrario este sitio se llamaría «La Repostera Catatónica».

Ya sabía cómo se sentía un pez cuando lo sacaban del agua. Allí que estaba tan tranquilo con sus cosas y, de repente, le ponían el mundo patas arribas. En cuestión de segundos, todo había cambiado para siempre. Aunque consiguiera saltar del barco, ya sería consciente de que, más allá de la superficie, lo esperaba un mundo extraño y asombroso. En mi caso, acababa de descubrir a un tío buenísimo que lograría que cualquier otro hombre al que conociera después pareciera un sucedáneo.

Carraspeó.

—¿O me estás mirando así porque habéis cerrado y se te ha olvidado echarle el pestillo a la puerta?

Su voz bastó para devolverme a la realidad. Cerré la boca, tragué saliva, aunque había poca porque tenía la boca seca, y pronuncié unas palabras, como haría el ser humano normal y corriente que ansiaba demostrar que era.

—Estoy abierta. Estamos abiertos —me apresuré a añadir en cuanto reparé en el brillo guasón de sus ojos—. La pastelería está abierta. Sí.

—Vale —replicó él despacio—. Así que, ¿puedo pedir un *bagel*?

—En realidad —contestó Ryan, que se acercó al mostrador con una expresión en la cara que presagiaba problemas para mí—, ya no nos quedan. Pero te encantará la tarta de cereza.

Los ojos del desconocido nos abandonaron un momento para recorrer la hilera de *bagels* que acabábamos de colocar en la vitrina y que estaban esperando a que los cortáramos y les untáramos el queso.

—Y eso que estoy viendo es…

—*Bagels* de atrezo. Incomestibles —le aseguró Ryan—. Te romperías esos dientes tan bonitos que tienes si intentaras comerte uno.

—¿Y qué hago con una tarta de cereza a las nueve de la mañana? —preguntó él.

—Mmm… bueno —balbuceó Ryan—. ¿No te la puedes llevar al trabajo? Compartirla con tus compañeros. Porque trabajas en algún lado, ¿no?

A esas alturas parecía irritado.

—Sí.

—Lo siento si te está molestando —solté de repente—. Está quedándose contigo, nada más. Los *bagels* son totalmente comestibles ¿ves? —Cogí uno de la vitrina y le di un bocado tan grande como innecesario. Me vi obligada a masticar el enorme trozo mientras Ryan y el cliente me miraban con una mezcla de confusión e incomodidad. Después, repetí en voz más baja—: Totalmente comestibles.

—Me llevaré un *bagel* totalmente comestible si no te importa. Aunque igual me puedes poner uno que no hayas mordido.

Intenté que la sangre no se me agolpara toda en la cara, que ya debía de estar colorada como un tomate. Ni siquiera le pregunté qué tipo de *bagel* quería, me limité a meter uno en una bolsa y a dejarlo en el mostrador.

—Y también me llevaré la guinda del pastel.

Tosí mientras tragaba, y pareció que me estaba ahogando, de manera que Ryan se vio obligado a darme unas palmadas demasiado fuertes en la espalda.

—¿Cómo dices? —le pregunté. ¿Cómo sabía que yo seguía sin ponerle la guinda al pastel de mi virginidad? ¿Qué tipo de hombre aparecía de repente y decía algo así? ¿Y si…?

—La tarta de cereza —añadió él mientras observaba el mal rato que yo estaba pasando con una tranquilidad que me confirmó que su elección de palabras no había sido accidental.

Guardé una tarta de cereza en una caja y la dejé en el mostrador. Ryan me dio un empujón, como si tuviera que recordarme por qué lo había alentado a comprar una tarta de cereza. Supuestamente, había llegado el momento de echarle cara al asunto. Ya lo sabía.

El desconocido pagó e hizo ademán de marcharse. Tenía la impresión de que una mano invisible me estaba apretando el cuello. Seguro que era una intervención divina, porque si acababa diciendo algo, sería lo más ridículo del mundo.

—¡Espera! —exclamó Ryan, que me dio un empujón—. Mi amiga quiere preguntarte una cosa.

El hombre volvió un poco la cabeza y me miró con el rabillo

del ojo. Juraría que su expresión delataba que sabía exactamente lo que yo estaba pensando. ¡Y lo que estaba sintiendo!

—No me has dicho cómo te llamas —dije.

Vi que Ryan me miraba con cara de: «¿Eso es echarle cara?», pero intenté no hacerle caso. Solo estaba calentando motores, ¿vale?

—William —dijo él con un gesto burlón—. ¿Yo puedo llamarte Cereza?

Fue un milagro que no me desmayara mientras sentía que se acumulaban tres litros de sangre en la cara. Ese tío sabía que yo era virgen. Estaba claro que lo sabía. A lo mejor había un club secreto de tíos buenos que se pasaban los nombres de las vírgenes locales. O a lo mejor lo había adivinado solo con mirarme, porque era así de evidente.

Sabía que Ryan no iba a dejarme tranquila si solo me limitaba a preguntarle su nombre, así que me preparé para saltar al vacío e intentar tirarle los tejos, algo que me parecía similar a tratar de arrancar un coche viejo y oxidado que llevaba veinticinco años sin usarse.

—Puedes llamarme como quieras y cuando quieras —le contesté. Estuve a punto, ¡a puntito!, de colocarme una mano en la cadera como en una especie de parodia de la seductora irresistible, pero hasta yo sabía que eso sería demasiado. Prácticamente sentía a Ryan encogerse de la vergüenza a mi lado mientras intentaba contener las carcajadas. Dejando a un lado el hecho de que me repateaba la idea de que me llamara Cereza, como si fuera una trabajadora de la noche, la voz ronca que había usado para pronunciar la frase me torturaría durante el resto de la vida.

El tal William se volvió para mirarme con los ojos entrecerrados y una sonrisa torcida en los labios. En caso de que se hubiera percatado de mi incomodidad, no lo delató.

—Cuidado, porque puedo aceptar esa invitación.

Ryan hizo un gesto victorioso a mi lado, algo que no me ayudó en absoluto a concentrarme.

—¿Ah, sí? —le pregunté.

Si hasta ese momento era yo la que llevaba el peso de la conversación, acababa de perderlo con la balbuceante réplica, pero él no pareció notarlo o le dio igual. Se limitó a seguir donde estaba, mirándome como si no tuviera prisa y controlara la situación perfectamente. Se llevó un trozo de bagel a la boca y lo sostuvo entre los dientes. Tras ponerse la caja con la tarta de cereza debajo del brazo, sujetándola de aquella manera, cogió un jarrón con flores que yo había puesto en el mostrador, me hizo un amistoso gesto de despedida con la cabeza y se dio media vuelta.

—Pero ¿qué haces? —pregunté. Mi cerebro intentaba procesar lo que sucedía, pero estaba casi segura de que lo que intentaba hacer era robarme las flores.

—Lo siento —se disculpó él como pudo, porque aún tenía el trozo de *bagel* entre los dientes—. Robo cosas. Es un trastorno mental. —O, al menos, eso fue lo que yo entendí que dijo.

Acto seguido, se marchó sin guiñar un ojo y sin sonreír siquiera.

—¡Ostras! —exclamó Ryan al tiempo que aplaudía despacio, algo que yo no pensaba hacer—. Ese tío es grande, muy grande. Le ha puesto la guinda al pastel: se ha llevado tu tarta de cereza y te ha desflorado todo en uno. Qué monstruo.

Me apoyé en los codos y solté el aire que no me había dado cuenta de que había estado conteniendo.

—Técnicamente —repliqué, irritada—, ha pagado por lo de la cereza. Las flores sí las ha robado.

Ryan resopló.

—Huy, qué guarrilla te has puesto.

Le di un guantazo en el brazo, pero sonreí al mismo tiempo.

—Qué malo eres. Tú tienes la culpa de lo que ha pasado. Lo sabes, ¿verdad?

Se acercó al lugar donde antes estaba el jarrón que William se había llevado y cogió lo que parecía una tarjeta de visita.

—¿Te refieres a que he conseguido que Thor te tire los tejos o a que te deje su número de teléfono?

—Déjame ver eso —dije al tiempo que le arrancaba la tarjeta de la mano—. William Chamberson —leí, despacio—. Director ejecutivo de Galleon Enterprises. ¿Te suena?

—¿Galleon Enterprises? —Ryan me quitó la tarjeta de las manos. La miró y después se encogió de hombros—. De nada. Pero sí sé lo que es un director ejecutivo.

—Debe de ser una empresa pequeña si el director ejecutivo va por ahí robando flores de las pastelerías.

—¿Qué más da? Ese tío podía ser el director ejecutivo de un puesto de perritos calientes. Ningún otro hombre te lo va a dejar tan claro como te lo ha dejado este. Le interesas.

Resoplé.

—Si no te conociera bien, diría que eres tú quien quiere quedar con él.

Ryan se echó a reír.

—Estoy seguro de que muchos tíos quieren hacerlo. Yo me limito a decirte las cosas como son. Eres como una hermana para mí y he visto la cara que pones a veces.

—¿Qué cara? —le pregunté, aunque sabía muy bien a lo que se refería.

—Como si estuvieras en mitad del baile de graduación del instituto y ningún chico te hubiera hablado en toda la noche, ¿me entiendes?

—¿Tan patética soy?

Me regaló una sonrisa cariñosa.

—¿Patética? No. Pero me repatea verte así. Dale una oportunidad a este tío. ¿Qué es lo peor que puede pasar?

—¿Que acabe en su congelador, descuartizada? ¿O que tenga una colección de animales disecados que quiera enseñarme?

Ryan alzó la vista y empezó a mover la cabeza como si estuviera descartando ambas ideas.

—Vale. Voy a preguntártelo de otra manera. ¿Qué es lo mejor que puede pasar?

Sonreí.

—Que resulte un entusiasta de la repostería y horneemos

galletas juntos, y que nos comamos la cobertura a cucharadas y, después, que nos untemos de chocolate por todos lados y…

—¡Puaj! Asegúrate de no contarle esa fantasía. Bueno, mejor no se la cuentes a nadie. Tendremos que cambiarle el nombre a la pastelería y ponerle «La Repostera Rarita».

—De todas formas, da igual. No voy a suplicarle que quede conmigo. ¿Sabes lo humillante que sería? Tendrá suerte si lo llamo.

Un par de horas después, me incliné sobre la tarjeta de visita durante el descanso para almorzar y marqué con cuidado el número en el móvil. Me encontraba en mi cafetería preferida. Nueva York estaba repleto de cafeterías y esa era mi preferida porque todos los días cambiaban el ácido mensaje que escribían en la pizarra. El de ese día era: «Consejo: Una manzana al día… tírasela con fuerza a quien te esté dando la lata y verás qué alegría.».

Me llevé el teléfono a la oreja y esperé mientras me mordía el labio y veía cómo se me movían las piernas arriba y abajo como si hubiera puesto el piloto automático. Era ridículo y humillante, tal como ya había dicho. Intenté no pensar en eso. Me puse a pensar en todas las veces que había fantaseado que me pasaba algo parecido en la vida real, salvo por el detalle del robo de las flores. Tenía que intentarlo por lo menos, me lo debía a mí misma.

—Galleon Enterprises —dijo una voz femenina que parecía estar a punto de bostezar. Era como si la viera mirándome con desprecio. Resultaba impresionante.

—¿Puedo hablar con William? —pregunté. Hice el intento de parecer segura de mí misma, pero fallé.

—William. Tendrás que concretar un poco más. ¿Apellido?

—El director ejecutivo —dije—. William Chamberson.

Una pausa.

—¿Quieres que te pase con William Chamberson?

—Sí —contesté con un deje más seguro en esa ocasión—. Me ha dejado su tarjeta de visita.

—Mmm… —murmuró la mujer—. Te ha dejado su tarjeta de visita. Debes de ser muy especial.

¡Qué poca vergüenza! No podía creer que me hubiera dicho eso. Era evidente que Galleon Enterprises no era un puesto de perritos calientes tal y como habíamos bromeado porque, en ese caso, no tendría una secretaria. Pero, de todas formas, esa mujer iba demasiado sobrada.

—¿Cómo sabe que no soy una empresaria importante? ¿Y si estoy llamando para hacer un trato de millones de dólares? —Me latía el corazón a toda prisa y me ardían las mejillas por la indignación. La poca vergüenza de esa mujer hacía que me dieran ganas de liarme a golpes con las cosas. ¿Dónde estaba mi ridículo libro de texto cuando lo necesitaba?

Otra pausa.

—¿Lo eres?

—No, pero ese no es el problema…

—No. No lo eres. Porque este es el número que William les da a las mujeres cuando quiere impresionarlas. Voy a ponerte en espera, lo avisaré de tu llamada y él me dirá que cuelgue. Le gusta que os lo curréis, qué pena. —Suspiró—. Espera.

Se oyó un chasquido y comenzó a sonar la típica musiquilla. Empecé a golpear el suelo con la punta de un pie y clavé la vista al frente, furiosa. Me tentaba la idea de decirle a Ryan que cubriera mi puesto mientras yo iba a Galleon Enterprises, estuviera donde estuviese, en busca de esa mujer. A lo mejor usaba un teléfono antiguo, de los que tenían cable, y podía estrangularla con él. Después, me lanzaría a por William y acabaría con él y con sus jueguecitos usando un pisapapeles. Suspiré. En realidad, no podría matarla a ella ni golpear a William. Pero había una cosa muy clara: como no me cogiera el teléfono, no volvería a llamarlo. Esa única llamada era ya un golpe para mi dignidad, así que uno y no más.

La música se cortó de repente y se oyó otro chasquido.

—¿Cereza? —preguntó una voz ronca. ¡Su voz!

—Sí —susurré. No me enorgullecía de la velocidad con la que me latía el corazón, pero orgullo fue lo que se apoderó de mí. «Va a colgarme, ¿verdad?», pensé. Torcí el gesto y sacudí la cabeza—. No, a ver. Que sí, soy la que te dio la tarta de cereza, pero que me llamo Hailey.

—Bueno, Hailey. Hoy estoy muy liado. Tengo un montón de reuniones aburridas. Llamadas a las que no hacerles caso. Ya sabes, esas cosas que suelen hacer los directores ejecutivos. Si tanto te apetece hablar conmigo, tendrás que venir esta noche a la fiesta de máscaras que organizamos para celebrar el estreno de una película. Diles a los porteros que te llamas Cereza y te dejarán pasar. Ah, y que sepas que he secuestrado a tus flores. Si las quieres de vuelta, tendrás que aparecer.

Balbuceé algo sin sentido, pero él me colgó antes de que pudiera hablar de forma coherente. Seguí mirando el móvil como si le hubieran salido cuernos. Ese tío era insoportable, y él lo sabía. Y también sabía que estaba tan bueno que podía conseguir lo que quisiera. O casi. Casi. A medida que pasaba el día, la idea de ir a la fiesta se coló en mi cerebro y empezó a echar raíces. No le dije ni pío a Ryan, porque sabía que intentaría convencerme de que fuera. Pero ni falta hacía que me convenciera de nada. Poco antes había estado quejándome de que la vida se me escapaba de las manos sin que pasara nada, ¿no? Además, ¿por qué tenía que ir a la fiesta para buscar a William? A lo mejor podía ponerme una de esas ridículas máscaras y un vestido desenfadado, y pasármelo bien esa noche. Sin que sirviera de precedente, me tentaba la idea de ser espontánea y de hacer algo a lo mejor un poquito peligroso. Me tentaba la idea de ir.

2

William

$\mathcal{H}$abía un sitio en mi despacho que nadie conocía, ni siquiera mi hermano gemelo, con quien compartía la dirección de la empresa y al que le gustaba pensar que lo sabía todo. Lo siento, Brucie, pero esa estancia era solo mía. Me acerqué a la estantería situada detrás de mi mesa, que parecía muy cara, y ya podía serlo porque le había pagado un pastizal a una francesa para que me decorara el despacho. No recordaba bien los detalles, pero sí que mis órdenes fueron más o menos: «Como la gente no se cague de miedo en cuanto entre, es que no lo has hecho bien». Por suerte, la mujer había hecho un buen trabajo.

Si las paredes de mi despacho hablaran, no dirían una sola palabra, porque sabrían que estaban muy por encima de ti como para hablarte. Así de perfecto era todo.

Nunca había llegado a abrir siquiera ni uno solo de los libros de esa estantería, que incluso contaba con una de esas escaleras con ruedas que podían moverse de un lado a otro para llegar a los estantes más altos. Eso había sido una petición especial y cuando bajaba las persianas, a lo mejor hasta me gustaba comprobar lo lejos que llegaba la escalera si me subía a ella de un salto.

Cogí un pisapapeles con forma esférica y lo dejé en la estantería. En la base había un imán que activaba un mecanismo situado detrás de la puerta. Esperé mientras se producían una serie de satisfactorios chasquidos metálicos, tras lo cual la puerta se abrió.

Sí. Tenía mi guarida del mal justo en mi despacho. Y era tan asombrosa como yo quería que fuera.

La estancia que había detrás de esa puerta era mi salón de trofeos. No era muy grande, un detalle desafortunado que se debía a mi interés por hacerlo sin que mi hermano se enterara. Si el proyecto hubiera sido complicado o si le hubiera robado demasiado espacio al despacho, Bruce se habría dado cuenta. Pero jamás lo descubriría, porque una buena parte de mi salón de trofeos estaba dedicada específicamente a cosas que le había robado a ese estirado obsesivo compulsivo que se hacía llamar «mi hermano». Había dispuesto el espacio como si fuera una galería de arte, con pedestales de mármol y vitrinas de cristal y todo. Mi objeto favorito era la banana de perfecto color amarillo dispuesta en el centro de la estancia. Le había pagado a un químico para que la cubriera con una laca transparente que la conservara. Tenía el nombre de mi hermano escrito con rotulador permanente negro. «Bruce».

Acaricié con cariño la vitrina y sonreí. Sí. Tenía demasiado tiempo y demasiado dinero a mi disposición. No, no me sentía mal por ello. Sí, tenía un problemilla con la cleptomanía. No, no pensaba cambiar. Ese era el diagnóstico médico si nos ponemos puntillosos. Me gustaba robar cosas. Todo empezó cuando Bruce y yo crecimos en la pobreza, unas circunstancias que lo justificaban. Al final, comprendí que robaba cosas porque me gustaba hacerlo, no porque necesitáramos el dinero. Siempre me había visto obligado a buscar sitios donde guardar mis tesoros, y el salón de trofeos era el epítome de todo mi trabajo. Allí era donde guardaba las mejores piezas. La banana de Bruce era la joya de la corona, pero también tenía una toalla que él había guardado en su coche para limpiarse el sudor después de un partido de ráquetbol. Todavía sonreía cuando recordaba el cabreo que se pilló porque no la encontraba. También tenía unas gafas suyas y unos cuantos calcetines sueltos que le había quitado del vestidor. Me había asegurado de coger solo uno de cada. De eso sí que me sentía un poco culpable. Era muy posible que Bruce tuviera un orgasmo si el día transcurría tal y como él había planeado, y yo sabía que la idea de tener varios calcetines sueltos seguramente bastara para cortocircuitarle el cerebro al pobre.

En fin. Era bueno para él. Yo había nacido un minuto y siete segundos antes, lo que me otorgaba la responsabilidad de ser el hermano mayor y, por tanto, me sentía obligado a tocarle las narices. Algunos hermanos dirían que incluso era un trabajo serio, pero no podía llamársele trabajo a algo con lo que se disfrutaba tanto, ¿verdad? También tenía grapadoras que había ido robando por la oficina a la gente que no soportaba. Bolígrafos que les había quitado a algunas camareras antipáticas, e incluso una chapa que un imbécil llevaba en su mochila y que rezaba: «Yo reciclo». ¿En serio? ¿Con todas las cosas de las que se podía presumir, iba él y presumía de que reciclaba? Había estado a punto de tirarla a la basura solo por la ironía del gesto, pero mi necesidad de guardarla acabó ganando. No todos los objetos llegaban a formar parte de la colección. A veces, robaba algo por capricho y después lo tiraba. Si me sentía un poco aventurero, intentaba endilgarle el robo a alguien, algo que básicamente consistía en dejar el objeto en cuestión en manos de otra persona sin que se diera cuenta. Le eché un vistazo a mi nueva adquisición. El jarrón con flores de la pastelería que había mangado esa mañana. Lo había colocado en uno de los pedestales de mármol de la pared del fondo.

No pude evitar mirarlo con los ojos entrecerrados, consumido por la curiosidad. El resto de los objetos expuestos estaba allí porque sus dueños me cabrearon de alguna manera u otra. Tal vez fuese mi ridículo intento de mantener el equilibrio universal o lo que fuera, o tal vez solo me gustaba cabrear a la gente que más se lo merecía. El jarrón era otra cosa.

Cereza no me había cabreado. Al contrario, me gustaba. Tenía una pinta de bibliotecaria falta de libido, reprimida y torpe que no se la saltaba un galgo, literal o figuradamente. Estaba buena, además, algo que ayudaba bastante; pero no en plan aburrido. Yo era un imán para las tías buenas aburridas, de la misma manera que un Starbucks era un imán para las chicas con ropa deportiva. Un ejército de Barbies de culos perfectos gracias al ejercicio físico y caras que no habían visto un solo rayo de sol, a menos que contaran con una capa de un protector solar con un factor no inferior a 200. La mayoría tenía un pasatiempo: ellas mismas. Se cuidaban y se ocupaban de sus cuerpos como si fuera un trabajo a jornada completa, algo que en cierto modo estaba muy bien y tal, pero ya había intentado salir con ellas... y eran todas iguales.

Aburridas. Predecibles. Vanas.

La repostera, sin embargo... Era el tipo de mujer que me atraía. Había visto reflejada su lucha interna en la cara tan clara como la luz del día. Le gustó lo que veía, pero era lo bastante lista como para darse cuenta de que yo era un gilipollas. En otras palabras, esa mujer suponía un desafío. ¿Dónde tenía que firmar?

Dejar mi tarjeta de visita me pareció un gesto un tanto desesperado. Normalmente, me gustaba que fueran las mujeres quienes se acercaran a mí, pero ella tenía algo que me impulsaba a ir más allá, porque no estaba seguro de que se lanzara a menos que yo le diera un empujoncito. Eso me gustaba. Incluso me salté la rutina habitual de dejar que la secretaria las tratara en plan borde y acepté su llamada.

Ni siquiera tenía claro que fuera a asistir esa noche a la fiesta. Esa decisión era toda suya. Porque, de todas formas, sabía dónde encontrarla, y si no me fallaba el instinto en lo que a ella se refería, no solo iba a quedarme con sus flores. Había algo más que me interesaba y que sería la guinda del pastel. Una guinda que se encontraba entre sus muslos para ser exactos.

3

Hailey

Si reconsiderar algo era cuando tenías que pararte a reflexionar y a preguntarte si algo era una buena idea, yo lo estaba haciendo por enésima vez cuando el taxi por fin me dejó a las puertas del lugar donde William celebraba su fiesta. «Pensar por enésima vez» no tenía la misma fuerza, pero «reconsiderar» no parecía lo bastante serio para describir todas las dudas que me asaltaban.

Quería ir. Eso lo sabía. La parte orgullosa y terca de mi persona quería ponerlo a prueba o demostrarle que yo no era de esas que van detrás de los guaperas.

Pero, a ver, que era una de esas cosas que solo pasaban una vez en la vida. Además, siempre, pero siempre, siempre, había tenido la fantasía de ir a una fiesta de máscaras. Creo que era por las máscaras y la ropa elegante. Todo el mundo llevaría máscara y un esmoquin o un vestido precioso. Habría un mar de brillantes lentejuelas y joyas hasta donde me alcanzara la vista. La noche sería todo oropel y lujo, como sacado de una fantasía de Hollywood. Sería una de esas noches que podría atesorar para siempre, un brillante foco de luz en mitad de una noche oscura y sin estrellas.

Por una noche, podría fingir que mi vida era como esas que siempre había observado desde lejos, una vida con expectativas detrás de cada esquina y en la que cualquier decisión, por insignificante que fuera, podría conducir a algo increíble. Al final, fue esa idea la que ganó. Disfrutaría de mi noche de cuento de hadas, por supuesto que sí, y William sería algo secundario. Esa era mi versión y no pensaba cambiar ni una coma.

Cuando acabé de trabajar, compré el vestido con el poco dinero que tenía, incluida la máscara, aunque no la pude comprar en una tienda de segunda mano como el vestido y los zapatos. Tuve que armarme de valor y entrar en una de esas tiendas de disfraces que, por alguna extraña razón, estaban abiertas todo el año, aunque estaba convencida de que la gente solo entraba para comprar el disfraz de Halloween.

La chica que había detrás del mostrador me miró con cara rara cuando solté la máscara delante de ella, como si hubiera visto la peli de *Eyes wide shut* y creyera que ese era el único motivo de que alguien quisiera comprar una. Pues que le dieran. Iba a una fiesta muy elegante y me codearía como si tal cosa con estrellas de cine y multimillonarios. Y, que yo supiera, no había una secta de personas desnudas y amantes de las orgías en el sótano. Ese fue mi enésimo pensamiento más uno. Si veía indicios de alguna secta amante de las orgías, pensaba usar mis taconazos como arma y abrirme paso a golpes. Ese era el plan de emergencia, claro, suponiendo que no hubiera otras armas disponibles.

Esperaba un portero corpulento en la puerta principal, pero la dirección que me dio resultó un edificio en pleno centro. Me bajé del taxi y eché un vistazo a mi alrededor. Ya eran más de las nueve de la noche. En Nueva York, las calles siempre parecían bulliciosas sin importar la hora. De hecho, la ciudad parecía cobrar vida de noche.

Casi creí que estaba en el sitio equivocado, pero luego vi que una limusina se detenía y que de ella salía un grupo de hombres y mujeres con traje, elegantes vestidos y máscaras. Los hombres llevaban máscaras muy sencillas, al estilo de *El fantasma de la ópera*, que solo le cubrían los ojos y media cara. Las mujeres lucían máscaras de todo tipo, desde máscaras ostentosas de plumas hasta delicadas máscaras de encaje que apenas les ocultaban el rostro.

Me coloqué bien mi sencilla máscara, que me había costado

dos dólares y se sujetaba con dos elásticos baratos. En fin... Los ricos pagaban un pastizal por aparentar ser pobres, ¿no? No era culpa mía que conociera los trucos para vestir como una pobre: invertir todo el dinero en una pastelería que apenas daba para cubrir gastos. A veces, también malgastaba el dinero en tonterías como comprar comida y pagar el agua.

Me enderecé, me armé de valor y atravesé la puerta principal como si fuera la dueña de aquello. Había visto pelis de ladrones de sobra para saber que el truco consistía en fingir que se sabía lo que se hacía. Llegué a la puerta antes que el grupo de la limusina y, cuando tiré de ella hacia fuera, se negó a abrirse. Miré por encima del hombro y esbocé una sonrisilla en plan «Esto pasa a todas horas, porque vengo un día sí y otro también». Le di otro tirón. Nada.

Retrocedí un paso y levanté una mano al tiempo que soltaba una risilla nerviosa.

—Supongo que hemos llegado temprano —dije.

Uno de los hombres se adelantó hasta la puerta y... empujó. Se abrió sin oponer resistencia, y allí que me quedé plantada mientras el grupo al completo pasaba junto a mí con expresión ufana.

Los dejé pasar, solté el aire y me reseteé.

—Tú tranquila, Hailey. Llevas una máscara, ¿no? ¡Puedes hacer la idiota toda la noche sin que nadie se entere!

Y, en ese momento, vi que una pareja pasaba por mi lado, una pareja que seguramente había oído mi charla motivacional. Me di un golpecito en la oreja, donde no llevaba un dispositivo Bluetooth ni de coña, y dije con firmeza:

—Hablar con un manos libres siempre da la sensación de que estás hablando sola.

La pareja se limitó a pasar sin mediar palabra.

Ni siquiera había entrado y el viejo «botón de resetear» ya estaba haciendo horas extra. Empujé la puerta y entré.

—Gilipollas —mascullé en dirección a las puertas cuando me aseguré de que nadie podía oírme.

El vestíbulo estaba en silencio y tenía la clase de suelo elegante sobre el cual mis pasos resonaban como disparos. Intenté no hacer tanto ruido, no lo conseguí y me acerqué a una mujer que estaba tras un alto y estrecho atril, como el de la recepción de un restaurante. Una puerta enorme de doble hoja quedaba a su espalda.

—Me han invitado —dije una vez que las personas que me precedían dieron sus nombres y confirmaron que estaban en la lista.

—Muy bien —replicó la mujer. No iba con máscara, así que no tuve que adivinar si me miraba como si yo fuese idiota.

—Debería estar en la lista como… Cereza. —Susurré el nombre, colorada como un tomate. En algún lugar, William se estaba partiendo de risa, no me cabía la menor duda.

La mujer arqueó las cejas.

—¿Cereza?

—¿Le importaría limitarse a…? —Estiré el cuello para intentar leer la lista. Ella la cogió con gesto protector al tiempo que me fulminaba con la mirada.

Se tomó su tiempo para apartar la vista de mí y comprobar la lista.

—Pues pasa… Cereza.

—Gracias —repliqué con malos modos—. Voy a pasármelo bien en la fiesta, por cierto, mientras tú estás aquí en tu atril de pacotilla.

—No sabes la envidia que me das —repuso ella con sorna.

No acababa de creerme que me hubiera rebajado a decirle algo así, pero esa mujer era casi tan espantosa como la que tuve que aguantar por teléfono cuando llamé al número que aparecía en la tarjeta de visita de William. De hecho… estaba casi segura de que era la misma mujer del teléfono. Recibir a los invitados durante una fiesta de empresa podría ser uno de los deberes de una secretaria.

Pasé junto a ella y le di un tironcito a la puerta para comprobar que no era de las de empujar como las otras. Por suerte, se abrió para mí.

La fiesta que había al otro lado era más impresionante de lo que me había imaginado. La estancia tenía un estilo industrial con ladrillo visto, vigas de hierro y muebles ultramodernos, incluida una escalera de caracol de hierro fundido y una segunda planta diáfana, donde había muchas personas bailando y charlando. Lo más impresionante de todo era la pared del fondo, que era toda de cristal con vistas a Central Park y al reluciente horizonte de la ciudad.

Y luego estaban los invitados. Incluso con las máscaras, me daba cuenta de que eran la flor y nata. Era una versión adulta del baile de graduación del instituto al que solo los más populares recibían invitación... Era justo la clase de fiesta a la que nunca me invitaban.

Ojeé la estancia llena de hombres y mujeres, todos bien vestidos y con máscaras, preguntándome si sería capaz de reconocer a William con los pocos segundos que lo había mirado embobada esa mañana. No me comparé con todas las mujeres elegantes de tetas enormes y cuerpos perfectos, aunque me costó lo mío. Ese hombre me había invitado, a mí. Era evidente que le gustaba lo que había visto. Al menos, eso era lo que me repetía sin cesar.

La música era lo bastante movida para bailar, pero no tanto como para que no encajara a la perfección con la rica élite. Los invitados bebían vino y champán en delicadas copas. Algunos bailaban, otros observaban la escena con las bebidas en la mano y otros se movían de un lado para otro, entre risas y conversaciones. Allá donde mirase, parecía que todo relucía por el brillo de las joyas y de las lentejuelas, tal como me lo había imaginado. Supuse que una copa me ayudaría a controlar los nervios, así que me propuse encontrar el sitio donde todo el mundo conseguía una.

Al final, conseguí dar con lo que parecía una barra libre. Había copas de champán allí solas. Cogí una, esperé, eché un vistazo a mi alrededor y bebí un sorbo con mucho tiento. Como nadie se me acercó gritando ni pidiéndome dinero, llegué a la conclusión de que eran gratis. ¡Bingo!

Con la copa en la mano, me dirigí a la escalera. Todavía no

había decidido si hablaría o no con William, pero al menos sí quería saber si era capaz de reconocerlo. Cuando me di la vuelta, un hombre me miraba fijamente. Sentí un millar de mariposas en el estómago, ya que esperaba encontrarme con William.

Sin embargo, cuando le vi el mentón, los labios, la constitución y el porte, sentí un mal presentimiento. Retrocedí medio paso. No era William.

—¿Nathan? —dije con voz titubeante.

Él esbozó una sonrisa torcida. Ver esa mueca cruel fue la única respuesta que me hizo falta. Nathan Peters. Mi exnovio infernal. El motivo de que me complaciera tanto darle patadas a mi antiguo libro de texto de la universidad de vez en cuando. El tío que pasó de ser un poco aburrido y decepcionante a convertirse en ejemplo viviente de un acosador cuando corté con él.

—Se suponía que estabas en Vermont.

—Tengo una oferta nueva de trabajo. Mira tú por dónde era en tu zona, así que ¿cómo iba a rechazarla?

—Pues rechazándola sin más, si no quieres parecer un acosador —contesté. Intenté hablar con algo de calma, aunque tenía la sensación de estar gritando.

—Te he echado de menos, Hailey. Joder, éramos la leche juntos.

Meneé la cabeza. Era demasiado para soportarlo todo de golpe, y me negaba a mantener esa conversación con él. Otra vez no. Intenté rodearlo, echar a andar hacia la escalera, pero me agarró del brazo.

—Hailey, vamos. He venido desde muy lejos para hablar contigo, lo menos que puedes hacer es escucharme.

—No. No es lo menos que puedo hacer. Ni siquiera voy a preguntarte cómo narices sabías que estaría aquí o cómo has entrado, no te voy a preguntar nada. Porque preguntarte implicaría que me importas de alguna manera. Así que voy a hacer lo menos que puedo hacer, que es alejarme de ti sin dedicarte un solo segundo.

—No ha sido difícil. Sé donde almuerzas siempre, y dio la casualidad de que pasaba por allí cuando te vi con la cabeza agachada. Parecías absorta en algo, así que eché un vistacillo. Tenías una tarjeta de visita del director ejecutivo de Galleon Enterprises, nada más y nada menos. No creí que pudieras permitirte pagar una empresa que sale en la lista de las 500 más importantes, así que sumé dos y dos.

—¿Y qué? ¿Me seguiste todo el día? ¿Me acosaste mientras compraba lo que necesitaba para esto y luego compraste lo tuyo a la carrera? ¿Cómo has pasado por la puerta principal?

—No lo he hecho. Me he colado por la puerta trasera —contestó él, sonriendo como si fuera a aplaudir su ingenio.

Se me encogió el estómago. Su comportamiento era tan repugnante que se apoderó de mí como un veneno y, por un instante, creí que iba a vomitar.

—He intentado decirlo con tiento, Nathan. No funcionó. Tienes que pasar página. Por favor. —Adiós a la noche mágica y brillante.

Intenté liberarme, pero se limitó a sujetarme con más fuerza antes de pegarme a él. Empecé a debatirme con todas mis fuerzas y sentí los primeros ramalazos de pánico.

Un hombre se apartó de un grupo de invitados enmascarados y le rodeó la muñeca a Nathan. Debió de apretarle bien fuerte, porque Nathan aflojó la mano con la que me sujetaba y me soltó.

—Normalmente —dijo el hombre con una voz que reconocí de inmediato—, cuando una chica intenta alejarse de ti, significa que quiere que la dejes tranquila. —El mentón perfecto, los labios carnosos y el pelo alborotado me habrían indicado que era William incluso sin oír su voz. Era imposible no saber la identidad de mi salvador.

—Normalmente, es buena idea no meterte donde no te llaman —replicó Nathan. Se volvió hacia William, que le sacaba casi cinco centímetros, aunque Nathan siempre me había parecido altísimo.

—¿Qué tío anda por ahí con caramelos de menta? —William hizo una floritura con la mano y sostuvo en alto dos caramelos de menta.

No entendí lo que pasaba hasta que vi que Nathan se daba unas palmaditas en los bolsillos. Miró con los ojos entrecerrados a William e intento recuperar los caramelos, pero William cerró la mano y se los metió en el bolsillo.

—Mira, gilipollas —dijo Nathan—. ¿Por qué no me dejas hablar tranquilo con mi chica mientras tú te vas a la mierda? Quédate los caramelos.

—¿Tu chica? —preguntó William, que volvió la cabeza un poco para mirarme por primera vez. Esbozó una sonrisilla apenas perceptible, como si estuviera compartiendo una broma conmigo—. Debería decirte que la desfloré esta mañana. De hecho, incluso pagué por su cereza. Estaba deliciosa, por cierto —dijo al tiempo que inclinaba la cabeza hacia mí.

Pese al miedo que me atenazaba el pecho, tuve que contener una carcajada.

Nathan extendió los brazos y agarró a William por las solapas del esmoquin. William ni se inmutó. Se quedó allí plantado, mirando a Nathan con la misma sonrisa, tranquila y guasona.

—La verdad… —William se sacó los caramelos del bolsillo y se los metió a Nathan en el suyo—. La verdad es que ya entiendo por qué los llevas.

—¿Cómo? —preguntó Nathan.

—El aliento.

Nathan cerró la boca de golpe y siguió fulminando a William con la mirada. No estaba segura de si intentaría asestarle un puñetazo o de si se estaba devanando la cabeza para salir de la situación sin quedar como un imbécil.

—A la mierda —dijo al final, al tiempo que soltaba a William—. Oye, Hailey, sé que presentarme aquí seguramente me haga quedar como un acosador.

—No conozco la historia —lo interrumpió William—, pero si tienes que decir «Sé que esto seguramente me hace quedar como un acosador», hay muchas papeletas de que lo seas.

—Nadie te ha preguntado, gilipollas —masculló Nathan antes de volver a mirarme—. El asunto es que te echo de menos. Detesto cómo acabaron las cosas y de verdad que espero que me des otra oportunidad.

—¿De cuántas formas voy a tener que decírtelo? —repliqué, con la sensación de que no me quedaban fuerzas.

—Lárgate, acosador. —William empezó a empujar a Nathan para alejarlo de allí—. Ya has pronunciado tu discursito. Es evidente que no quiere hablar del tema ahora. Estoy seguro de que tiene tu número de teléfono, así que te puede llamar si cambia de idea, pero tú te vas ahora mismo.

Nathan se resistió un pelín mientras William lo alejaba de mí y le hacía señas a un tío para que lo sacara de allí.

Tuve la sensación de que solo podía mirar lo que sucedía. No podía creerme que Nathan hubiera ido a la fiesta para pedir una segunda oportunidad. Claro que tampoco podía creerme que William hubiera aparecido para ejercer de caballero andante de esa forma.

William volvió unos segundos después y me hizo una ligera reverencia. Me recorrió una extraña fuerza, como si algo travieso y guasón hubiera estado atrapado en mi cerebro, a la espera de la oportunidad de escapar, durante todo ese tiempo. Al parecer, mi máscara no ayudaba demasiado con el anonimato. Tanto William como Nathan no habían tenido problemas en reconocerme, pero yo me sentía distinta con ella puesta. Tal vez fuera por el leve cosquilleo del champán que me había bebido, pero el nerviosismo que había sentido me parecía muy lejano. Quería olvidarme de los problemas con Nathan. Quería que esa fuera mi noche de cuento de hadas, y Nathan no iba a robármela.

Iba a pasármelo bien.

—No te pongas tan gallito —le dije, y me sorprendí de lo segura que me salió la voz—. La próxima vez que quieras hacer de caballero andante, tal vez deberías asegurarte de que mantienes oculto al capullo que llevas dentro.

Esbozó una sonrisilla.

—¿Es que asomaba o algo?

Bajé la vista sin querer hacia su cintura, pero conseguí levantar los ojos a la máscara blanca que tenía puesta.

—Metafóricamente hablando, sí —repliqué—. Y acabas de demostrar que eres incapaz de mantener una conversación sin hacer comentarios verdes. Te doy tres puntos por madurez.

Cogió una copa de la bandeja que llevaba un camarero que pasó junto a él y me la ofreció.

—La madurez está sobrevalorada.

—¿Y qué me dices de no robarles a los demás a todas horas? ¿Eso también está sobrevalorado?

—Muchísimo.

No pude contener la sonrisa. Tenía algo muy irreverente. En circunstancias normales, esa actitud chulesca y un poco gilipollas me echaría para atrás. Esa forma de ser tan directa y cortante también me echaría para atrás. Sin embargo, con él, esa seguridad tan arrolladora hacía que esas características tuvieran un extraño encanto. También me gustaba cómo retorcía las frases y le daba un tono juguetón a la conversación. Era como un coqueteo. Era sensual.

Me di cuenta de que había dejado la copa de champán en alguna parte cuando miré la que él me ofrecía. Era de vino tinto, algo que no solía beber porque me provocaba dolor de cabeza, pero supuse que podía hacer una excepción. Al fin y al cabo, si un leve cosquilleo me infundía tanto valor, ¿qué maravillas podría conseguir un poco más?

Bebí un sorbo y levanté las cejas, gratamente sorprendida.

—¿Te gusta?

—Mucho más que la compañía.

Se llevó una mano al pecho.

—Eso me ha dolido.

—Dudo mucho que sea posible.

Se encogió de hombros, sin perder la sonrisilla guasona que parecía indicar que nuestra conversación era un juego, al igual que la fiesta… y la vida misma, ya puestos. Solo tenía que mirarlo, con máscara o sin ella, para ver a un hombre al que nada podría tocar. Ni las preocupaciones ni los problemas. Eso me provocaba tanta envidia como intriga. Era una mentalidad que deseaba con todas mis fuerzas que me contagiaran.

—Me pregunto si tu lengua sabe tan ácida como suena —dijo él—. O tan dulce como tu tarta de cereza…

—¿Te ha gustado? —le pregunté. Me olvidé por completo de su evidente coqueteo en cuanto mencionó la tarta. Era una repostera antes que nada, y creo que me importaba mucho más su opinión de mi tarta que las turbulentas aguas que pudiera estar navegando con la conversación.

—Era dulce, pero le faltaba algo.

El corazón me dio un vuelco. Llevaba años perfeccionando la receta. Había probado un sinfín de combinaciones de ingredientes, de formas de preparación y de técnicas culinarias. La idea de que no le hubiera gustado me dolió más que cualquier insulto que me pudieran lanzar.

—¿Qué le faltaba? —le pregunté, y renuncié a la fachada de falsa seguridad que había proyectado hasta el momento.

—En fin —dijo él—, le hacía falta más… ¿bicarbonato? —Mantuvo una expresión seria como un segundo antes de que la sonrisa que empezaba a conocer tan bien apareciera en su cara.

Puse un brazo en jarra, sonriendo.

—¿Bicarbonato?

—Ajá. Para que suba. Eso ayuda a hornear.

Arqueé las cejas.

—Pues tendré que avisar al sindicato de reposteros. Lo hemos estado haciendo mal todo este tiempo. Creíamos que era cosa de la fermentación.

—¿La fermentación?

—Hacer que las burbujas se pongan dicharacheras. En eso consiste.

—Lo tuyo con el tema dicharachero es increíble. Repostero Dicharachero. Pandero Dicharachero —masculló él.

—¿Cómo?

—He dicho «Panadero Dicharachero». —Suspiró antes de

poder averiguar si bromeaba y se dio unos golpecitos en la barbilla, como si me estuviera analizando y estuviera tomando notas mentales.

—¿Qué pasa? —le pregunté—. ¿A qué viene esa cara?

—Viene a que estoy averiguando cómo eres. Pedacito a pedacito, Cereza.

—Me llamo Hailey. Y buena suerte con eso de averiguar cómo soy. ¿Me dirás cuándo termines de hacerlo? Porque me vendría bien un poco de ayuda en el tema.

—De momento, Cereza, he averiguado lo siguiente. —Me quitó la copa de las manos con un gesto rápido, bebió un sorbo y me la devolvió—. Lo siento —dijo al ver mi cara de enfado—. Las cosas que se supone que no debes catar siempre saben mejor, ¿no te parece? —Hizo una pausa para dirigirme una mirada tan elocuente que le añadió un tono muy sugerente a sus palabras.

—Cierto —repuse. Empezaba a sentirme nerviosa de nuevo. Hablar con William era como enzarzarse en un combate lingüístico, y cuanto más hablábamos, más me daba cuenta de lo mucho que controlaba él la situación. Le di carta blanca a mi lengua para llenar el poderoso silencio, porque creía que un hombre como William podía hacer cosas muy peligrosas con el silencio, sin nada más que esos penetrantes ojos y el tono sugerente que era capaz de conferirle a la mueca más fugaz de sus labios—. En el instituto y en el colegio nos cambiábamos la comida —continué, más para romper el silencio que porque creyera que quería una respuesta—. Los caramelos Airheads eran como el oro. Podías cambiar uno por casi cualquier cosa. Incluso por una bandeja entera de *nuggets* de pollo y patatas fritas. Sobre todo si eran del sabor misterioso. Los blancos. Sabían mucho mejor cuando los cambiabas por algo que cuando tu madre te los metía en la bolsa.

—Los blancos eran de algodón de azúcar. Misterio resuelto.

Intenté recordar a qué sabían y no creía poder llevarle la contraria.

—Has dicho que has averiguado cómo soy, ¿no? —lo reté.

Me moría por saber lo que pensaba de mí, la verdad, aunque me aterraba que no me fuera a gustar.

—Sí, y luego me has obligado a añadir un «le gusta interrumpir a los que intentan añadir pausas dramáticas a la conversación» a la lista de cosas que he averiguado de ti.

Me puse colorada.

—No me había dado cuenta de que era una pausa dramática.

—De vez en cuando, le falla la capacidad de observación —añadió él con voz seria, como si estuviera dictando una carta.

—¡Oye! —protesté entre risas y le di un tortazo en el brazo. Aparté la mano más rápido de la cuenta y dejé de reírme cuando me di cuenta de lo que había hecho. Él no pareció percatarse de mi reacción, porque se limitó a seguir mirándome fijamente tras la máscara, con los penetrantes ojos azules entrecerrados.

—Físicamente violenta…

—O empiezas pronto con la parte buena o voy a averiguar si eres capaz de beberte el vino cuando vuela por el aire.

—Claro. La parte buena. En fin, esa parte de la lista es privada, por desgracia. Al menos, hasta que la complete. Y, por supuesto, hasta que haya podido evaluar tus partes privadas.

Lo fulminé con la mirada.

—Deberías verte la cara. Ya sé por qué te llaman Cereza, porque es el color del que se te pone la cara cuando te enfadas.

—Nadie me llama Cereza. Solo tú. Aunque te he repetido varias veces que me llamo Hailey.

—A lo mejor no deberías ponerte tan mona cuando te cabreas. Así la gente no disfrutaría tanto al pincharte.

Sentí que me ponía más colorada y que me ardían las mejillas. Estaba a punto de replicar cuando una pareja se acercó a William. Me costaba estar segura por las máscaras, pero me quedé mirando embobada a William y al otro hombre. Tenían la misma altura, la misma constitución. Tenían los mismos ojos, la misma boca, el mismo mentón e incluso las mismas orejas. La única diferencia era que el recién llegado tenía el pelo bien cortado y peinado, mientras que William lo llevaba igual de alborotado que esa mañana. El recién llegado también llevaba uno de esos pañuelos blancos de seda en el bolsillo de la chaqueta.

—¿Estás torturando a otra pobre chica? —El recién llegado incluso tenía una voz casi idéntica a la de William. Aunque sonaba más frío. Más serio.

—Cereza, te presento a mi hermano, Bruce —me dijo William—. Somos gemelos, pero yo soy unos segundos mayor que él, lo que quiere decir que siempre he sido un pelín más fuerte y mejor que él.

—Estadísticamente hablando, solo quiere decir que vas a morir antes —replicó Bruce con voz tranquila.

—Yo soy Natasha. —La mujer me sonrió con calidez y extendió el brazo para darme la mano. Llevaba un precioso vestido blanco que conseguía ser elegante e informal al mismo tiempo de un modo que me moría por imitar. Pese al alucinante vestido, a esa cara que era una mezcla entre resultona y guapísima, y al hecho de que el gemelo de William le tuviera echado un brazo por encima de los hombros, conseguía parecer humilde y amable. Me cayó bien enseguida.

—Hola, soy Hailey —me presenté al tiempo que le estrechaba la mano.

Me miró con expresión titubeante al oír mi nombre.

—A William le parece gracioso llamarme Cereza —le expliqué.

—Ah, sé muy bien lo que se siente, de verdad —me aseguró Natasha—. Yo he tenido que soportar sus supuestos chistes muchas veces. Siento que ahora te esté usando de basurero para sus bromas.

—¡Oye! —protestó William, aunque sonreía pese al tono herido de su voz—. ¿Basurero para sus bromas? Por Dios, Natasha. Se te está pegando la frialdad de Bruce. Que sepas que eso ha dolido un poquito.

—Ay —dijo ella, cuya sonrisa flaqueó un poco—. No quería decir que…

—No te eches atrás, Natasha —la interrumpió Bruce—. Al ego de William le vendrán bien todos los golpes que podamos asestarle. Por desgracia, estoy convencido de que sobrevivirá.

—Empiezo a tener la sensación de que os habéis compinchado los tres en mi contra y, a ver, si voy a tener a tres contra mí... prefiero una polla menos en la ecuación. Sobre todo cuando es la de mi hermano.

—Una polla extra está bien, siempre y cuando no sea la mía. Ya lo pillo —dijo Bruce, y un tonillo burlón se abrió paso en la seriedad de su voz.

Tuve que contener una carcajada.

William dejó caer algo que tenía en la mano, aunque no pude ver de qué se trataba. Solo vi que se arrodillaba de repente delante de Bruce y que se ponía en pie al tiempo que se metía algo en el bolsillo. Casi no me di cuenta, pero cuando miré de nuevo a Bruce, me percaté de que le faltaba el pañuelo blanco que había llevado en el bolsillo.

—En fin... —William fingió un bostezo—. Hablando de pollas... ¿No se suponía que ibas a reunirte con don Ricachón?

Bruce suspiró.

—Sabes que si te oye llamarlo así, dejará de ser nuestro cliente de inmediato, ¿verdad?

—Lo sé, y me niego a dejar de llamarlo así.

—Claro que te niegas. Vamos, Natasha. Tengo que buscar al señor Packard y hablar con él. Encantado de conocerte, Hailey —dijo, muy educado, antes de alejarse con Natasha.

—Ya veo. Tú eres el gemelo malvado y él es...

—El que tiene un trastorno obsesivo compulsivo. Creo que podrías sacarle cubitos de hielo del culo si te lo propones. Picados, por supuesto.

Solté una carcajada a mi pesar.

—Qué idea más inquietante.

—Bienvenida a mi mundo. —William se sacó un pañuelo blanco de seda del bolsillo y se sonó la nariz, aunque estaba segurísima de que no parecía tenerla congestionada. Después, miró el pañuelo con una sonrisilla y lo dejó caer al suelo.

—¿Por qué lo has cogido si lo vas a tirar? —le pregunté.

Pareció sorprenderse un poco por la pregunta, como si creyera que no iba a darme cuenta de que le había quitado el pañuelo.

—En fin, no todo puede acabar en la colección.

—¿Quiero saber que es eso de «la colección»?

Pensó la respuesta.

—Es como mi salón de la fama, para que nos entendamos. Si juegas bien tus cartas, igual te lo enseño un día de estos.

—Un día de estos… —repetí, despacio—. Parece que tienes planes grandiosos para los dos. ¿Debería despejar mi agenda?

—Solo las noches.

Me mordí el labio.

—¿Siempre haces lo mismo?

—¿Pedirles sexo a las chicas guapas sin mucha sutileza? Normalmente no.

Mi abuela siempre decía que si alguien te piropeaba, no se discutía con esa persona, a menos que no quisieras que se repitiese. Así que, aunque me costaba un poco creer que me considerase guapa de verdad, sobre todo rodeada de mujeres como las que había en la fiesta, sonreí y dejé que me calara hasta lo más hondo.

—Entiendo. Y esas chicas guapas a las que no sueles pedirles sexo… ¿qué hacen cuando sueltas esas indirectas tan poco sutiles?

—Verás —dijo al tiempo que se acercaba un paso para eliminar cualquier sensación de comodidad o confianza que yo tuviera. Su cercanía era abrumadora. Apabullante—. Me cuesta pensar en otras chicas o en lo que ha pasado antes de este preciso momento. Porque hay algo que lo borra todo.

—¿El qué? —susurré.

—Una chica en particular —contestó él. Hizo una pausa y me recorrió con la mirada, con los labios entreabiertos. Lo rodeó un aura sexual que me envolvió por completo y que me despertó todas las terminaciones nerviosas—. Una a la que acabo de conocer. Es un poco estirada. Un poco sarcástica. Respondona.

—Parece espantosa. —Mi voz era un susurro entrecortado, como si tuviera un nudo en la garganta y se me hubiera secado la boca.

—Ahí está el asunto. Nunca he estado con una chica así, pero ella… creo que me gusta.

—Seguro que se siente halagada.

—¿Lo estás?

—¿Que si estoy qué?

William sonrió.

—¿Quieres que lo diga con todas las letras? Vale, te daré el gusto. —Colocó el dedo índice en un punto situado debajo de la clavícula, allí donde acababa el escote del vestido y tenía acceso a mi piel. Hizo presión con el dedo, arrancándome un estremecimiento y poniéndome la piel de gallina.

Comenzó a trazar un dibujo con el dedo. No tenía la menor idea de lo que era. Mi mundo se redujo a sus largas pestañas, a sus penetrantes ojos azules, a esos carnosos y pecaminosos labios, y al calor del contacto allí donde nuestros cuerpos se tocaban. No oía la música ni a las personas que nos rodeaban.

Apartó el dedo tras unos segundos y me miró, expectante.

—Ya lo tienes. Con todas las letras. ¿Te has enterado?

—¿Cómo? —le pregunté. No había estado prestando atención a las formas que había trazado.

Se encogió de hombros.

—Vaya con algunas mujeres. Literalmente puedes escribirlo sobre su piel y ni se enteran. En fin, tú te lo pierdes.

—¡Oye! —exclamé con una sonrisilla—. Hazlo de nuevo.

—Ah, no. La primera es gratis y la has desperdiciado.

Puse los brazos en jarra, algo que no era habitual en mi arsenal, pero William tenía un don para sacarme de mis casillas.

—Es absurdo.

—Absurda es la sed que tengo. Vuelvo enseguida con algo fuerte y robado.

—Las bebidas son gratis. No puedes robarlas.

—Ay, qué inocente —repuso con un deje tristón—. El robo

es solo cuestión de contexto, Cereza. Pero no te preocupes, te lo enseñaré antes de que te des cuenta.

Y tras soltar eso, se alejó y me dejó preguntándome qué leches había querido decir.

Ni siquiera había pasado un segundo cuando una mujer me instó a volverme hacia ella con delicadeza.

Con máscara o sin ella, era guapísima. Con una cara con forma de corazón, unos labios muy besables, enormes ojos verdes con largas pestañas y un cuerpo que sin duda había esculpido un grupo de hombres cachondos. Se apartó el pelo negro con un gesto de cabeza que decía algo como «Soy mejor que tú de todas las formas habidas y por haber, y que no te quepa duda de que lo sé».

—¿Hola? —dije.

—Siento haberte sorprendido —susurró ella con voz sensual. Me miró con una sonrisa que parecía ser encantadora y sexy sin pretenderlo, todo a la vez. Una parte de mí quiso que me cayera bien, pero otra parte más atávica de mi cerebro me dijo que tuviera cuidado con esa mujer—. Soy Zoey Parker. Se puede decir que soy la presidenta del club de exnovias de William Chamberson.

—Ah —dije. No sabía muy bien cómo replicar.

—No te preocupes. No he venido para montar una escena celosa ni para amenazarte. Vengo como amiga. Como alguien que ha estado donde estás tú ahora mismo. A William se le da muy bien hacer promesas. Te convencerá de que es un buen tío, aunque un poco brusco. Te prometerá lo que sea. Te seducirá. Conseguirá lo quiere y, luego, seguirá con su vida. Nos lo ha hecho a todas, y también te lo hará a ti.

—En fin —repliqué con voz seca—, te agradezco el aviso, pero ya soy mayorcita. Creo que puedo decidir yo sola si quiero mantener una relación sentimental con alguien o no.

Me miró con una sonrisa tensa.

—Pues claro que sí. —Me dio un apretón en el hombro con más fuerza de la necesaria—. Y, oye, no te lo tomes como algo personal, pero William siempre volverá a mí arrastrándose después de un par de aventuras fallidas. A veces no sé cómo consigo manejarlo, pero, a ver, no cualquiera puede hacerlo.

Sonreí, pero no fue un gesto amistoso ni mucho menos. No solía ser arisca, pero esa mujer destilaba tal tufo a zorra que estaba sacando a la luchadora que llevaba dentro.

—Perdona, creo que no te he oído bien. ¿Has dicho que eras la presidente del club de exnovias o de su club de fans?

Apretó los labios, pero no perdió la sonrisa falsa.

—Buena suerte, guapa. William se come a chicas como tú y las escupe antes el desayuno. —Agitó una mano y las uñas le brillaron al darse la vuelta y alejarse como una modelo por una pasarela para perderse entre la multitud.

Seguía intentando asimilar el encontronazo con la reina de hielo cuando William volvió con dos copas de champán. Me ofreció una, pero la rechacé al ver las marcas de pintalabios en el borde.

—¿No te parece que te estás pasando con el numerito de ladrón? —le pregunté. No sabía si sacar el tema de Zoey o no. Por un lado, me moría por conocer su versión. Por otro, no estaba segura de que tuviera que darme una explicación. Tal vez se merecía la oportunidad de demostrarme quién era en vez de tener que defenderse de las acusaciones de la loca de su ex.

—«Ladrón» es un pelín extremo. Tengo una leve tendencia a la cleptomanía. Es un trastorno mental. No te reirías de alguien con un trastorno mental, ¿verdad? Además, puedes recuperar las flores cuando quieras. Solo tienes que pasarte por mi despacho. Así que son prestadas, no robadas. Tu cereza, en cambio… Esa no pensaba devolvértela.

—¿De esto va la cosa? —le pregunté, intentando pasar por alto el comentario de la cereza—. ¿Llevarte mis flores fue la típica excusa de «Se me ha olvidado algo en tu casa» pero con la sorpresa de la cleptomanía?

—Eso es.

—Mmm. Pues puedes quedártelas.

Se dio unos golpecitos en la barbilla.

—Entiendo. Es evidente que no he robado lo que debía. Supongo que tendré que pasarme de nuevo por tu pastelería.

—No puedo impedírtelo.

—Si pudieras, ¿lo harías? —El tono juguetón había desaparecido de su voz, dejando únicamente un deje sincero. Y me volvió a pasar. Justo cuando creía que ese hombre era incapaz de tomarse algo en serio, me demostraba un sorprendente ramalazo de intensidad.

—Tal vez —contesté. Era una respuesta sincera. Tal vez le impediría hacerlo para no tener que preocuparme por el futuro, por lo desconocido y por la posibilidad de que lo que fuera que había entre nosotros solo fuese mi camino al desastre. O tal vez se lo permitiría porque no creía que los hombres como William aparecieran en tu vida todos los días. Si me guiaba por mi pasado, habían transcurrido veinte años para que un hombre como William apareciera, y no estaba segura de querer esperar hasta los sesenta para disfrutar de otra oportunidad.

—Pues menos mal que no puedes impedírmelo. —Desvió la vista hacia el balcón que tenía a mi espalda. Me miró de nuevo, me regaló una sonrisa distraída y luego levantó la vista una vez más. Me volví para saber qué miraba y allí estaba ella. Zoey, la reina de hielo, la zorrona reina del club de las exnovias de William Chamberson. Vestido negro, pelo negro, un collar de encaje negro al cuello y una máscara con diminutas orejas de gato. Los celos se apoderaron de mí como un veneno, y se me cayó el alma a los pies. A lo mejor no mentía…

—En fin —dijo él—. Había pensado bailar contigo. Darte una serenata. Al final, pensaba llevarte a un lugar íntimo y dejarnos de eufemismos con el rollito de la desfloración que empecé esta mañana, pero… por desgracia, tengo que ocuparme de otro asunto. Así que otra vez será.

No esperó mi respuesta. Me dejó plantada con cara de idiota. Echó a andar hacia el balcón, y me di cuenta de que no quería averiguar la verdad. Solo quería marcharme y conservar lo que pudiera de la magia que seguía envolviendo el breve encuentro que había mantenido con él. Si me iba en ese momento, podría recordar la noche y creer que, tal vez, me equivocaba. Si sabía que Zoey tenía razón, acabaría más reservada de lo que ya era. Solo sería otra experiencia más para mantenerme alejada eternamente de los portadores de penes.

Me sentía una imbécil por haber ido a la fiesta. Era simpático y guapísimo, pero seguramente yo era idiota por imaginarme siquiera que podía ser algo más que un desvío pasajero en la vida de un hombre como William. ¿Había esperado tanto tiempo para acabar siendo un desvío?

Solo era la chica a la que William había conocido esa mañana en una pastelería. Toda la atención que me había prestado ese día tal vez fuera especial para mí, pero a lo mejor era algo normal para él. Ni siquiera podía enfadarme, así que me conformé con sentirme una idiota y una ingenua. Sí. Idiota e ingenua. Si mi vida fuera un libro de recetas, sería una larga lista de todas las combinaciones posibles de esas dos cosas que había probado a lo largo de los últimos veinticinco años. Alerta de destripe: da igual cómo las mezcles, el resultado siempre es una buena dosis de decepción regada con un chorrito de vergüenza.

La receta de mi vida. Ñam, ñam.

4

William

*P*ensaba darle la tabarra a la repostera a la mañana siguiente de la fiesta, pero el tiempo se me pasó volando. El negrero de mi hermano me estaba haciendo trabajar en la oficina mientras intentábamos cerrar otro gran acuerdo publicitario con un importante y poderoso cliente. Bruce estaba en su salsa con el aspecto organizativo de la empresa. Investigar, usar la red de contactos, coordinar, planear, ejecutar… El tío seguro que hasta fantaseaba con que todo fuera a la perfección. A mí me iban más los riesgos.

Me gustaba probar cosas que nadie en su sano juicio haría. Mucho mejor si nos arriesgábamos a perder millones o si podíamos hundir la reputación de la empresa. Básicamente, era un cabrón en lo mío, así que nunca fracasábamos.

De acuerdo, mis ideas se iban al cuerno de vez en cuando. Había perdido algún que otro milloncejo y había cabreado a empresas gordas.

Sin embargo, eso no era lo importante. Yo era el de las ideas. Para ser un genio creativo, había que asumir riesgos por un lado, levantar alguna ampolla por el otro, meterle fuego sin querer a tu despacho alguna que otra vez… Eso último tal vez no fuera tan imprescindible como las dos cosas anteriores, pero cuando tu proceso creativo necesita de una ayudita externa, a lo mejor tienes que tirar el porro en la papelera si tu hermano entra de repente en el despacho. Al parecer, si hay papeles suficientes en dicha papelera… En fin, ya me entiendes.

De todas formas, incluso Bruce admitía que yo era bueno en mi trabajo. No le quedaba más remedio. Cuando el capullo se ponía demasiado pedante conmigo, amenazaba con dimitir si no me lamía un poquito el culo. Creo que, a esas alturas, ya le había quitado unos cuantos años de esperanza de vida solo con eso. A mi hermano le gustaba decir que iba a vivir más que yo. Ya lo veremos.

El trabajo y mi hermano podían esperar. Les había dado dos días, tal vez tres. La repostera seguramente creía que había perdido el interés, y tenía que remediarlo antes de que apareciera algún gilipollas que intentara echarles el guante a sus tartas de cereza.

Como si lo hubiera llamado, Bruce asomó su fea cara por la puerta en ese preciso instante. Y sí, tal vez seamos gemelos idénticos, pero su cara era fea y mi hermano tenía que apechugar con la verdad.

—¿Qué pasa? —le pregunté—. Estaba a punto de irme para vivir un poco, ¿o también me lo vas a joder?

Bruce me miró con cara de asco.

—He venido para preguntarte por la chica de la fiesta. La de hace un par de noches.

Lo miré con escepticismo. Me percaté de que se había quedado en la puerta en vez de acercarse a zancadas a mi mesa como solía hacer, y también me fijé en que llevaba las manos en los bolsillos. Nada propio de Brucie. Allí pasaba algo.

—¿Natasha te ha obligado a hacerlo?

—Sí. —Parecía incomodísimo.

—¿Te dijo que no me lo dijeras?

—Sí. —Suspiró.

Me acerqué a él y le di una palmadita en un hombro.

—Échale la culpa a la telepatía entre gemelos. Todo el mundo se cree esa chorrada. No hace falta que le digas que mientes de pena y que podrías perder toda tu fortuna en una partida de póquer con un montón de bebés.

—El póquer es cuestión de suerte. Cualquiera podría perder una fortuna jugando a las cartas.

—Y por eso se te da de pena. Pero no pasa nada. Se te dan bien otras cosas. Como… organizar los frigoríficos de la gente. Eso te encanta, ¿verdad? —le pregunté con lo que esperaba fuera un tono inspirador.

—Sí. Me gusta tanto como a ti robarles el bolso a las viejecitas.

—No lo he hecho ni una sola vez —repliqué—. Por enésima vez, era una bolsa de la compra y ella me había robado la plaza de aparcamiento.

—En fin… —dijo al tiempo que entraba en mi despacho y se sentaba en el sillón que había junto a mi mesa—. La chica…

—Está por verse. Iba a darle la tabarra un rato cuando has asomado tu fea cara por la puerta.

—Bueno, ¿qué pasó después de que os dejáramos en la fiesta? ¿La espantaste?

—A ver, ¿por qué le interesa tanto a Natasha? Nunca te ha mandado para que me espíes con cualquiera de las otras mujeres con las que he perdido el tiempo.

—Le pareció que no mirabas a esta como a las demás.

—¿Y qué la convierte en una experta? La última vez que lo comprobé, Natasha solo era experta en ser un accidente con patas.

—Ojito —masculló—, que estás hablando de mi esposa.

Levanté las manos y esbocé una sonrisa a modo de disculpa.

—Sin ánimo de ofender, pero tiene una mezcla horrorosa de mala suerte y de un pésimo don de la oportunidad. Me sorprende que la dejes salir a la calle sin casco.

Bruce me fulminó con la mirada, pero sabía que era lo más parecido a una disculpa que me iba a arrancar, así que continuó.

—Nunca ha dicho que sea una experta, mucho menos en lo que a ti se refiere. Nadie que te haya conocido sería tan tonto para asegurar que te comprende. No te comprendes ni tú.

—Gracias por el cumplido.

—Solo le pica la curiosidad. Así que me ha mandado para investigar.

—Ese ha sido su primer error. Le habría ido mejor si hubiera mandado a una rata amaestrada. Mucho menos sospechoso.

Bruce dio un respingo al oír la palabra «rata», como sabía que haría. Mi hermano nunca lo admitiría, pero le aterran esas criaturitas. Supongo que tiene sentido. Si Bruce fuera un superhéroe, sería Don Limpio, y las ratas simbolizaban la suciedad y el caos que él tanto detestaba.

—Bueno —insistió—, ¿cómo te fue con ella en la fiesta? Tienes que decirme algo, o Natasha no dejará de mandarme a por más. Ahórranos a los dos el mal trago. Por favor.

Me crucé de brazos y me apoyé en la pared.

—En fin, apareció Zoey.

—Joder —masculló Bruce—. ¿Zoey Styles?

—La única e inigualable.

—¿Crees que la mandaron nuestros padres?

—Es posible —contesté—. Los ayudo cuando me piden dinero, pero a lo mejor se han cansado de bailar al son que toco. No entiendo cómo pueden creer que Zoey les daría una parte si consigue engañarme para que me case con ella.

—Porque nuestros padres son idiotas.

—Bruce, por favor. Que estamos hablando de nuestros padres.

—Lo sé muy bien.

Sonreí.

—Puede que tengan un largo y penoso historial de fracaso, pero son… ambiciosos. Tienes que reconocerles el mérito de mantener el viejo espíritu americano.

—Sí. Llevan ambicionando nuestro dinero desde que dimos el bombazo.

—Ya sabes que cuando el diablo no tiene nada que hacer…

—Ah, ¿lo conoces en persona? —me preguntó Bruce.

—Tú podrías decirme cuántos dedos le gusta que le metan por el culo.

Bruce hizo una mueca.

—A veces se me olvida lo infantil que eres.

—Si la madurez es adorar las bananas, los horarios estrictos y la organización por colores, sí, por favor, no me metas en ese saco.

—Si has terminado... ¿Qué vas a hacer con Zoey?

—Lo mismo de siempre —contesté sin más.

—¿Tirártela unas cuantas veces, dejar que te saque unos cuantos miles de dólares y luego tardar mucho en darte cuenta de que eres un imbécil?

—A ver, no —protesté—. Eso solo pasó dos o tres veces. Hablo de las otras veces en las que la mandé a tomar viento.

Bruce me miró fijamente, como si estuviera a punto de dejar algo claro que no creía haber oído bien.

—Tienes un historial de comportarte como un imbécil con esa mujer. Llámame loco por preguntarme si va a pasar de nuevo.

Clavé la vista en el techo e intenté encontrar un agujero en su razonamiento, pero no lo logré.

—Oye, tengo problemas afectivos, ¿vale? Además, eso fue hace un montón de meses. Y ahora tengo las miras puestas en la repostera.

Bruce esbozó una sonrisa enorme, pero luego meneó la cabeza.

—¿Así funcionan las cosas contigo? ¿No cuentan si no las besas en la boca?

—No es solo cosa mía —contesté—. Es algo que sabe todo el mundo. O a lo mejor solo es con las putas. Pero, joder, tío, en la fiesta no me acerqué a ella para eso. Ahora estoy colgado de la chica de la tarta de cereza. Sí, no debería haberme acostado con Zoey. En la vida. Pero es agua pasada. Pasadísima. Y, oye, esta vez le he dicho que se vaya a la mierda. Así que estoy aprendiendo.

—¿Lo sabe la chica de la tarta de cereza? ¿Sabe que estás colgado de ella o que mandaste a la mierda a Zoey?

—¿Quién te crees que eres, el doctor Phil, ese que va dando consejos sentimentales?

—Soy el tío al que su mujer va a freír a preguntas en cuanto vuelva a su despacho y la llame para informar de cómo ha ido esta charla.

Lo miré de reojo.

—Si la repostera no sabe que estoy colgado de ella a estas alturas, alguien debería decirle que Papá Noel no existe.

—¿Qué?

—Olvídalo. El asunto es que sí, debería saberlo.

—¿Y sabe por qué fuiste a hablar con Zoey?

—¿Qué pasa, tengo que pedirle un puto permiso firmado para hablar con otra mujer?

—No. Pero se supone que no eres tan tonto como para no darte cuenta de lo que aparentaba ser. ¿Qué hiciste? ¿La dejaste tirada para plantarle cara a Zoey?

—Algo parecido —respondí, despacio—. Pero sabía que si Zoey se daba cuenta de que me interesaba Hailey, encontraría la forma de joderlo todo. No tenía alternativa. Esa mujer es implacable.

Bruce suspiró y se puso en pie.

—Vale, ya lo pillo. Le tengo que decir a Natasha que mi hermano la ha cagado con la chica que le cayó tan bien.

—No tan rápido. Tú tienes tu método y yo, el mío.

—¿Y cuál es el tuyo?

—A mayor riesgo, mayor recompensa —contesté—. A ver, piénsalo. Si se asustó por esa tontería de nada, me estoy ahorrando más molestias más adelante. Tú le hiciste pasar lo suyo a una mujer para averiguar que merecía la pena conservarla.

Bruce levantó las cejas.

—¿Desde cuándo te interesa conservar a una mujer?

Le quité hierro a la pregunta con un bufido, aunque me había inquietado. Tenía razón. No buscaba conservar a una mujer. Nunca lo había hecho. Buscaba una distracción. Algo que fuera esencialmente temporal.

—Vale, don Espía, se acabó por ahora. Si el instinto periodístico de Natasha no se queda satisfecho, puede venir a preguntarme directamente. ¿Ya está todo resuelto?

—Pues no, la verdad —contestó Bruce—, pero tengo trabajo pendiente.

Le puse las manos por delante y agité los dedos, sin saber siquiera lo que significaba el gesto. Creo que quería transmitir algo en plan «Mira, aquí tenemos a un mandamás que trabaja y todo, toma ya». Bruce me recompensó con un gruñido furioso al salir de mi despacho.

Normalmente, me movía en coche con un chófer. Era lo más rápido y, además, le pagaba un salario anual para que estuviera disponible a cualquier hora, así que debería intentar sacarle rendimiento a mi dinero. Ese día decidí usar el metro, algo que se salía de lo normal para mí.

A lo mejor solo quería tiempo para poner en orden mis ideas. El comentario de Bruce me había alterado un poco y quería llegar al fondo de por qué había dicho lo que le había dicho. «Tú le hiciste pasar lo suyo a una mujer para averiguar que merecía la pena conservarla.»

Me senté en el vagón, que no estaba atestado porque era demasiado temprano para la hora del almuerzo y demasiado tarde para la hora de entrada al trabajo.

Me pregunté si había sido un simple desliz. Una de mis aficiones preferidas era irritar a mi hermano, así que solía decir lo primero que se me pasaba por la cabeza si creía que así iba a pincharlo, fuera verdad o no. Sin embargo, ese comentario mordaz había abandonado mis labios con demasiada facilidad. No me parecía una mentira elaborada ni una pulla. Solo era...

Apoyé la cabeza en la ventanilla, con la vista fija en los asideros que se mecían con el vaivén del vagón a su paso por los túneles del metro.

Me bajé poco después y tuve que abrirme paso por la apestosa estación para salir a la superficie. Las calles de Nueva York me parecieron dulces y puras cuando por fin salí de allí, y era algo que nunca creí que pensaría. Oí un ruido en un callejón entre dos edificios al pasar por delante camino de la pastelería. Seguramente quería seguir haciendo tiempo, algo que tampoco era nada normal en mí, porque me aparté del resto de los transeúntes y me adentré un poco en el callejón.

Seguí andando hasta que vi que se movían unas cajas de cartón húmedas.

Retrocedí de un salto, pero me volví a acercar con los ojos entrecerrados. Las cajas se abrieron de golpe cuando salió de debajo un cachorrillo mugriento. Tenía un hueso de pollo en el hocico que ya había dejado pelado. La imagen me recordó al perro que tuvimos de pequeños. Un milagro en toda regla, porque nuestros padres eran tan pobres que apenas podían darnos de comer a Bruce y a mí, mucho menos mantener un perro. Mi padre le dio un hueso de pollo después de la cena una noche, y no se dio cuenta de que no eran buenos para los animales. El hueso se astilló y acabó cortándole el estómago al perro, lo que le impidió comer, hasta que tuvimos que sacrificarlo.

Di unos pasos con tiento hacia el cachorro, con la esperanza de quitarle el hueso.

Me gruñó. ¿El muy capullo tenía la cara de gruñirme? Parecía un chucho, sin raza determinada, solo un perro marrón con orejas negras y un parche beis bajo uno de los ojos. Tendría unos pocos meses.

—Oye, piltrafilla —dije en voz baja, ya que no quería que nadie que pasara cerca me oyese discutir con un perro—. O me lo das o te lo quito.

El cachorro retrocedió un paso, con el lomo erizado, mientras ese ridículo gruñido se volvía más grave… y con volverse más grave me refiero a que pasó de ser un chillido agudo a algo un pelín más ronco.

—Podemos hacerlo por las buenas o por las malas, tú eliges.

Pasó de mí, sin dejar de retroceder con su premio entre los dientes.

—¡Dámelo! —le grité al tiempo que me abalanzaba sobre él para quitárselo. Fui rápido, pero él lo fue más. Apartó la cabeza y se dio la vuelta para perderse a toda leche por el callejón, tan deprisa que ni siquiera alcancé a verle las patitas en movimiento.

No pensaba dejarme vencer por un cachorro vagabundo, así que corrí tras él.

Le estaba comiendo terreno. Creía que iba a ganarme la partida, pero era idiota. Salté por encima de cubos de basura, cajas viejas y charcos, y esquivé un contenedor en mi alocada persecución. Estaba a punto de salir a la calle al otro lado del callejón cuando se paró en seco. Había una multitud que creaba una pared humana que lo dejaba justo donde yo lo quería.

Extendí los brazos a su espalda, cogí el hueso y se lo quité.

Lo sostuve por encima de la cabeza mientras miraba al perro con desdén.

—Tu primer error ha sido ponerme a prueba, gilipollas.

Se encogió un poco y empezó a emitir un gemido patético.

—Sí, que te den. No pienso tragarme el numerito de cachorro perdido. Hueles fatal y seguro que tienes un montón de enfermedades, pero no pienso dejar que te mates por un puto hueso de pollo.

Volvió a gimotear, con esos enormes ojos clavados en el hueso.

Suspiré. No me iban las mascotas. A decir verdad, en parte era porque me preocupaba olvidarme de darles de comer o de sacarlos a pasear. Así que me encogí de hombros y salí a la atestada calle. Tiraban comida de sobra en Nueva York para que pudiera vivir. Joder, tal vez incluso después de un día especialmente lluvioso, pudiera pasar por un cachorro mono y engatusar a alguien para que se lo llevara a casa. Pero ese alguien no iba a ser yo. Ya había hecho mi obra de caridad del día al salvar su apestoso culo.

Mi carrera por el callejón me había acercado más a la pastelería, lo que quería decir que ya solo me quedaba cruzar la calle.

Una vez que llegué a la pastelería, sentí que los nervios me atenazaban el estómago. Ni siquiera podía contar las veces que había hecho algo parecido, pero nunca me había puesto nervioso. Claro que suponía que no estaba comportándome con normalidad. A veces, me había colado en la vida de una mujer para hacerle saber que me interesaba. Eso, que me interesaba. Pero ¿plantarme en su pastelería después de que ella no se tomara la molestia de ponerse en contacto conmigo? Eso traspasaba la barrera del interés con creces. Me había adentrado en territorio desesperado y era una frontera inexplorada para mí.

La idea me llevó de vuelta al incómodo final de mi conversación con Bruce. ¿Cuándo había decidido que ya no quería seguir tonteando con una mujer distinta cada semana? Sabía que, unas horas antes de conocer a la pastelera, ya pensaba llamar a una chica a la que llevaba dándole largas dos días. Puesto a pensarlo, no llegué a llamarla. Ni siquiera había coqueteado con otra mujer desde que desfloré a la pastelera. Técnicamente, no había tenido una cita con ella, ¿y ya intentaba que fuera algo en exclusiva?

Me pasé una mano por el pelo y solté un suspiro desconcertado, que era muy parecido a un suspiro normal, con la salvedad de que lo acompañaba el ceño fruncido. Era la clase de suspiro que soltabas al despertarte en mitad de la noche, desnudo, delante de un frigorífico que no te suena. Otra vez. La clase de suspiro que salía siempre tras preguntarte «¿Qué coño es esto?».

Me desentendí de todo al abrir la puerta de la pastelería. Desconcertado o no, olía el pan recién horneado y tenía hambre. Era hora de dejar de psicoanalizarme y volver a hacer lo que hacía siempre. Lanzarme al vacío sin mirar.

El olor a tartas y pasteles recién salidos del horno me envolvió. Era un olor agradable, y me di cuenta de que había impregnado a Hailey, incluso horas después de salir del trabajo, cuando asistió a la fiesta de máscaras. El olor ya me tocaba la fibra sensible. Me recordaba cómo había abierto los ojos al acercarme a ella. Cómo había sentido los latidos de su corazón bajo los dedos.

Mi cerecilla en conserva. La chica con ojos inocentes y desorbitados que olía a harina y a pan recién hecho. Le venía que ni pintado. Olía de maravilla, tal cual me imaginaba que era su sabor.

Vi al mismo tío de la otra vez al otro lado del mostrador. Lo fulminé con la mirada un segundo para dejar claras las cosas. De no estar seguro de lo contrario, habría dicho que me ponía un poco celoso la idea de que estuviera trabajando a solas con ese tío todos los días. Pero nunca he sido dado a los celos, la verdad. Siempre he creído que los celos eran para tíos que no tenían seguridad en sí mismos. ¿Por qué estar celoso cuando tú eras lo más y tu chica lo sabía? De todas formas, fulminarlo con la mirada no le haría daño. Solo era una precaución.

Hailey estaba allí de pie, con el delantal negro lleno de harina y una manchita por encima de una ceja. Estaba monísima. Llevaba el pelo recogido en una coleta medio deshecha y tenía las uñas cortas, lo que me hizo pensar que tal vez se las mordiera, como yo.

—Sabes que tienes un cachorro a tu espalda, ¿verdad? —me preguntó ella.

—¿Cómo? —repliqué y me di la vuelta para mirar al suelo—. Joder. Te he dicho que te pires —le dije al perro.

El cachorro me ladró y meneó el rabo.

—No te lo voy a dar —dije al tiempo que sostenía el hueso más alto—. ¿Puedes tirar esto, por favor? —le pedí a Hailey, tras lo cual le di el hueso.

Ella lo miró como si acabara de darle un cadáver, algo que, técnicamente, era cierto.

—¿Y si pregunto de qué va esto?

—Este cabroncete se cree que puede comérselo, pero no. Se acabó la historia.

El tío de detrás del mostrador me miraba tan fijamente que empecé a cuestionarme su sexualidad. Había visto a mujeres mirarme de esa forma. Solía suceder justo antes de acercarse a mí e intentar con poco disimulo que les tirase los tejos. Que bien por él y tal, pero no me iba el pescado, así que no iba a tener suerte conmigo.

Hailey aceptó el hueso y lo tiró en la papelera que tenía cerca.

—Vale… misión cumplida.

—Gracias. ¿Lo ves? —le pregunté al perro—. Adiós a tu botín. Ahora, piérdete.

—No seas cruel con el pobre —protestó Hailey. Salió de detrás del mostrador y se arrodilló para acariciarle la cara y la cabeza al cachorro. Se detuvo, hizo una mueca y luego siguió acariciándolo—. Puede que huela como un estercolero, pero es monísimo.

—Creo que es una perra —dijo el tío del que ni de coña tenía celos.

Hailey y yo ladeamos la cabeza y miramos hacia el suelo.

—Pues sigue siendo gilipollas —dije yo.

—Creo que le gustas. —Hailey siguió acariciándola mientras hablaba—. Pobrecilla. Tiene mal ojo y encima huele fatal.

—He pensado que podríamos ir a alguna parte —dije—. Podríamos considerarlo una cita. El paquete completo.

Hailey se levantó y se limpió las manos con el delantal. Una expresión sombría borró las demás emociones de su cara.

—Me halagas, y de verdad que te lo agradezco, pero… no. No creo que debamos hacerlo.

—Podríamos ir… Un momento, ¿cómo? —le pregunté.

—Lo siento. He tenido tiempo para pensármelo. No creo que sea buena idea. Para ninguno de los dos.

Tuve que pensar un momento cómo responder. Me habían rechazado antes, claro, pero me lo había visto venir. Esta vez me pilló totalmente desprevenido. Hailey era la personificación de la inocencia a ojos del mundo. Una virgen de sexualidad y pasión reprimidas a la espera de que la liberasen. Creía haberla calado, y también creía que su lujuria se impondría a todo lo demás. A ver, por favor, ¿cómo te pasas veintitantos años virgen sin desear tirarte a todo lo que se menea?

—Pues va a ser que no estamos de acuerdo —le dije al cabo de un rato.

Me miró con una sonrisa tristona.

—En fin, de vez en cuando tengo clientes que atender, así que si no quieres decirme nada más, tengo que volver con los *cannoli* que estaba preparando. Las facturas no se pagan solas, que lo sepas.

Echó a andar hacia el mostrador. Estaba desesperado por

evitar el final que parecía cantado para la situación, de modo que dije lo primero que se me pasó por la cabeza.

—Sé mi chef particular —le dije.

Se paró en seco.

—¿Cómo? —me preguntó.

—Mi chef particular. Puedes hacerlo de noche, después de cerrar aquí, así que la pastelería no sufrirá. Te vendría bien el dinero extra. Para comprar… joder, no sé. Lo que sea que los pasteleros compráis con mucha pasta. ¿Trituradores de masa? ¿Extensores de tartas? ¿Encapsuladoras de *cupcakes*?

Una lenta sonrisa apareció en sus labios.

—Se llaman «amasadoras». No sé para qué querrías extender una tarta y no se encapsulan los *cupcakes* después de hornearlos. Las cápsulas se usan para prepararlos.

Agité una mano.

—Lo que sea. El asunto es que te vendría bien el dinero, ¿no? Dime tu precio.

—Ni de coña. Aunque lo dijeras en serio. No podría…

—Galleon Enterprises le hará publicidad a tu pastelería. ¿Qué te parece? No es una limosna. No hay dinero. Ni cheques. Solo publicidad. Tendrás más clientes de los que podrás atender —le aseguré.

Su amigo, que había estado observando el intercambio desde el otro lado del mostrador como si de un partido de tenis se tratase, se desplomó de repente. Su cuerpo hizo bastante ruido al chocar con el suelo, sobre todo por el silencio atónito de Hailey.

Miré hacia el sitio donde antes estaba su amigo.

—¿Se encuentra bien?

Hailey dio un respingo, como si mi voz la hubiera sacado de una especie de trance, antes de mirar hacia su amigo.

—Se le pasará. Ryan hace eso de vez en cuando.

—¿Se desmaya?

Ryan apareció de repente, colorado y sonriente.

—¡Estoy bien! Seguid. Por favor. —Cogió una galleta del expositor que tenía más cerca y se la metió en la boca sin apartar la vista de nosotros en ningún momento—. Una bajada de azúcar —adujo en voz baja, como si esa fuera una explicación de lo más razonable para caerse al suelo como un saco de patatas.

—¿Por qué me haces esa proposición? —me preguntó Hailey con recelo.

—Aquí es donde la mayoría de los tíos se inventaría un rollo. Voy a ahorrarnos esa parte. Te hago la proposición porque no he terminado de cortejarte y porque tú pareces decidida a echarme de tu vida. Tengo la mejor empresa de publicidad a mi disposición. Basta con una palabra mía para que un equipo de veinte expertos empiece a trabajar en un plan publicitario para El Brillante Repostero. Es una idea perfecta. Admítelo.

—El Repostero Dicharachero. Y sí, claro que es perfecta, salvo por el detalle de que quería echarte de mi vida por un motivo. Además, el hecho de que supongas que me puedes comprar… ¿qué dice eso de la opinión que tienes de mí?

—Dice que te tengo por una mujer lógica y racional. Nadie que pega el pelotazo lo hace solo. Todo el mundo consigue un empujoncito en algún momento, y tú solo tienes que prepararme la cena. Puedes irte nada más terminar. Puedes pasar de mí si te apetece. Además, si dices que no, vas a tener que aguantar que venga todos los días a acosarte hasta que aceptes. Bien puedes conseguir la mejor publicidad del mundo en el proceso, ¿no te parece?

Me miró un buen rato, y me di cuenta de que tenía la cabeza hecha un lío. Ryan se estaba comiendo la cuarta o la quinta galleta, con los ojos como platos, como si estuviera viendo el final de un culebrón.

—Lo haré —dijo Hailey—, pero con una condición: tienes que llevarte al pobre cachorro contigo a casa para que pueda verlo cuando vaya a prepararte la comida. Y tienes que bañarlo.

Miré a la perrita, que me miraba con una sonrisa bobalicona. Seguramente fuera la sonrisa de un idiota, pensé.

—Te das cuenta de que estás obligando a este cachorro a una relación negligente, ¿verdad?

—Vas a mimar a esa perrita si quieres que esto salga adelante. No es negociable. Será mejor que esté la mar de contenta y que huela de maravilla cuando la vea.

Tomé una honda bocanada de aire y, después, lo solté por la nariz. ¿Cómo había acabado en esa posición? Por una puta tarta de cereza había pasado de ser un hombre que hacía suplicar a las mujeres a ser un hombre postrado de rodillas. Pero qué más daba… Estaba comprometido con todo eso. No iba a dar marcha atrás.

—Vale.

—Y tienes que ponerle un nombre —añadió ella.

La miró con expresión sufrida.

—¿Gremlin? —sugerí.

—Qué nombre más feo.

—La verdad es que me gusta —dijo Ryan, dando su opinión.

—Demasiado tarde —repuse con la vista en la perra, que meneaba el rabo más deprisa—. Gremlin ha decidido que le gusta. Nos vemos esta noche. A las seis en punto o estás despedida. —Eché a andar hacia la puerta y me fijé en que tenía el menú expuesto en una especie de corcho negro con letras que se podían mover de sitio. Cogí la v, porque supuse que si le quitaba todas las virginidades que pudiera, conseguiría llegar hasta el premio gordo.

La verdad, debería darme las gracias por todo lo que intentaba hacer. Pero, en fin, el mundo nunca aprecia a los verdaderos caballeros andantes. Tendría que sufrir la persecución y la incomprensión mientras avanzaba en mi noble causa. Al fin y al cabo, nadie ha dicho que ser el bueno sea coser y cantar.

5

Hailey

Tenía dos arrendadores. Uno para el apartamento y otro para la pastelería. Ambos llevaban todo el día intentando hablar conmigo. Podía oír sus mensajes de voz y dejar que eso me estropeara la noche, o podía ser irresponsable y pasar de ellos completamente. Decidí pasar de ellos porque, total, tampoco tenía el dinero que me exigían. Oír sus mensajes me provocaría un gran desconsuelo. Mi plan era seguir trabajando en la pastelería y durmiendo en mi cama hasta que ambos me dieran la patada. Cuando eso sucediera, si acaso llegaba a suceder, ya vería qué hacer.

Fue la mar de fácil olvidarme de los problemas económicos. Además, William me había prometido una publicidad fuera de serie y tenía buenos motivos para creer que su ayuda era exactamente lo que necesitaba mi pastelería para empezar a producir beneficios.

Al oír que alguien llamaba a la puerta pensé que William había decidido aparecer en mi casa, aunque era imposible que averiguase mi dirección. Mi ridículo e irracional corazón empezó a latir con fuerza de todas formas mientras echaba a andar hacia la puerta.

Era Nathan. Llevaba un ramo de flores e iba vestido para impresionar, con una americana informal y una corbata.

Meneé la cabeza.

—Nathan, no puedes seguir haciendo esto. En serio.

—¿Cómo? ¿Es por culpa de ese gilipollas de la fiesta?

—No, es porque ya te he dicho que lo nuestro se ha acabado. Así que, por favor, asúmelo. Esto no es una película en la que la chica al final se ablanda porque el chico no deja de insistir. En la vida real no es agradable. Lo siento, pero es así.

Él apretó los dientes y tensó el mentón. Extendió el ramo de flores para que yo lo aceptara.

—Por lo menos quédatelas.

Suspiré.

—Nathan, lo siento.

Le cerré la puerta en las narices y solté un largo suspiro. Detestaba que me obligara a ser tan maleducada, pero tenía claro que, si aceptaba las flores, él lo vería como un gesto inconsciente de que yo quería seguir intentándolo. Lo que quería era que me dejara tranquila, sobre todo porque estaba segurísima de que la obsesión que demostraba por mí nacía de la retorcida idea de que debía ser él quien me arrebatara la virginidad dado que había sido mi único novio formal. Y no me lo estaba inventando. Más o menos lo dijo él el día que cortamos.

Esperé unos minutos, temiendo que empezara a aporrear la puerta y que exigiera que lo dejase entrar, pero oí sus pasos que se alejaban por el pasillo al cabo de un rato.

Menos mal que podría distraerme esa noche en casa de William y eso evitaría que me pasara todo el rato pensando en Nathan. De lo contrario, me volvería paranoica a medida que les daba vueltas a las cosas y acabaría corriendo las cortinas y atrancando la puerta con los muebles. En vez de hacer eso, iba a arreglarme y a cumplir con mi parte del disparatado trato que había hecho con William.

Por muy tentador que fuera, no me permití perder el tiempo maquillándome, peinándome y eligiendo el mejor atuendo para la noche. Me apetecía hacerlo, pero quería demostrarme que no era una más de las muchas integrantes del rebaño de William, suponiendo que Zoey me hubiera dicho la verdad, algo que era bastante discutible, claro estaba.

No era una cita. Solo iba a cocinar para él. Era un trabajo y una no se emperifollaba para ir a trabajar, a menos que se intentara impresionar a alguien. En todo caso, lo que quería era pasar desapercibida, porque tenía la sensación de que William no necesitaba mucho aliciente para decidir que quería devorarme. La idea me provocó un escalofrío, pero me mantuve firme. Me vestí con la ropa manchada de harina, me puse desodorante, en aras de la higiene, y me lavé los dientes. Ni siquiera me quité la desastrosa coleta que llevaba. ¡Bien por mí!

A esas alturas, ya sabía que William estaba forrado, pero ni siquiera eso me convencía de que su propuesta fuera en serio. No pensaba engañarme a mí misma. Podría aprovecharme de su oferta. Conseguir publicidad gratuita no era como aceptar una limosna. Al fin y al cabo, eso podía generar más clientes y yo tendría que trabajar más para ganar el dinero extra. Algunos dirían que no dejaba de ser una limosna; pero, por mí, que se ahogaran con mis *muffins*. Aunque la oferta no estuviera sobre la mesa, en el fondo me emocionaba que William no hubiera dejado que las cosas entre nosotros se acabaran tan fácilmente.

Al parecer, era como un virus que se me había colado en el cerebro y que me confundía hasta el punto de no saber ni lo que sentía. Un virus que seguramente tuviera una tableta de chocolate y un culo tan prieto que se podría saltar sobre él. Incluso tenía la desvergüenza de ser simpático, como si no tuviera bastante con ser guapo. Por si fuera poco lo de parecer un actor de cine y ser capaz de lograr que una monja abandonara los hábitos, había decidido añadir una fortuna al montón. ¿Lo peor? En parte, me gustaba que tuviera una vena delictiva. Porque eso evitaba que fuera tan perfecto que acabara resultando aburrido.

No sabía si sería capaz de salir solo conmigo o si incluso quería algo más que llevarme a la cama, pero al menos me había demostrado que era persistente. No iba a dejarme marchar sin pelear, y eso era importante.

Había convertido esta dura experiencia en una especie de juego complicado. No se me escapaba, no. A lo mejor era yo la que siempre me equivocaba con los hombres. Me lo tomaba todo demasiado en serio. Como no me retiraba para estudiar el tablero y la posición de las piezas, no ganaba nunca. Tal vez ese fuera el secreto. El amor era un juego y, antes de empezar la partida, debías tener claro cómo querías ganar.

Si lo que había entre William y yo era un tablero de ajedrez, no solo necesitaba defenderme de sus avances, también necesitaba descubrir cuál era su meta final. Tendría que permitirle mover sus piezas. Necesitaba ser paciente para ver si solo iba detrás de la «cereza» con la que tanto bromeaba o si quería algo más. Hasta que no supiera por qué estaba interesado en mí, no sabría cuál era mi objetivo.

Llamé a mi abuela antes de salir de casa. Había perdido a mis padres antes de ser lo bastante mayor como para tener algo más que unos vagos recuerdos suyos y un álbum de fotos. Los llevaba en el corazón, pero a efectos prácticos, mi abuela se había convertido en mi madre. Mis verdaderos padres eran unos desconocidos para mí, por triste que pareciera. Mi abuela tenía ya ochenta y cinco años, y vivía en un tranquilo pueblecito a orillas de un río, a una hora de Nueva York en coche, en una residencia de ancianos donde se lo pasaba bomba porque su pasatiempo preferido eran las apuestas. La residencia de ancianos le ofrecía un acceso fácil a un montón de jugadores inexpertos y en muchos casos seniles, a los que podía desplumar sin despeinarse.

Cogió el teléfono casi al primer tono, como siempre.

—¡Hola, bichito! —me saludó.

Nadie diría que era una octogenaria por la energía de su voz. Cuando se hablaba con ella, era fácil creer que llegaría a vivir hasta convertirse en la mujer más vieja del mundo, y esperaba que lo hiciese. Era mi muleta emocional, y no sabía qué haría sin que me contara su dosis casi diaria de travesuras.

—¡Hola! ¿Estás siendo buena? —le pregunté.

—La vida consiste en ser mala. Algún día lo aprenderás. Todavía tengo el cuerpazo de una de sesenta y una mente como un cepo de acero para osos. No pienso bajar el ritmo.

Me reí.

—Si tu mente es un cepo de acero, lo has dejado a la intemperie y se ha oxidado.

Mi abuela soltó una carcajada.

—Eres tan buena con las réplicas porque has aprendido de tu abuelita. ¿Verdad que sí?

—Claro, claro. Soy una astilla enclenque que han sacado de tu árbol. Pero te llamo para pedirte consejo. Tengo una pregunta sobre hombres.

Silencio.

—Bueno, bueno, bueno. Sabía que llegaría este día. Ya estás lista para librarte de las telarañas que tienes entre las piernas, ¿verdad?

—¡Abuela, por Dios! ¿Te importa no mencionar jamás lo que tengo entre las piernas?

—Así es como has acabado siendo virgen a los veinticinco, cariño. Has estado dándole la espalda al regalo que Dios le hizo a la humanidad. Tienes que cuidar tu vagina, no pasar de ella. Es un arma que las mujeres han usado para postrar de rodillas a los hombres más poderosos desde el principio de los tiempos.

Me tapé la cara con una mano y deseé poder enterrar los últimos diez segundos de conversación en la fosa más profunda y oscura de mi mente.

—Vamos a concentrarnos en el hombre en concreto y a olvidarnos de mí, ¿vale? —Y añadí para mis adentros: «Por favor, no quiero oír a mi abuela hablar de vaginas nunca más».

—El hombre —repitió ella con voz serena, pero me percaté del deje travieso de su voz—. Bueno, los hombres se acercan a olisquear a una mujer tan guapa como tú por dos motivos, y sé bien de lo que hablo, porque en mis tiempos yo estaba como un tren. Todavía soy capaz de volver unas cuantas cabezas al pasar, el problema es que los hombres de mi edad ya no tienen la flexibilidad necesaria para girar el cuello. Pero está claro que quieren hacerlo cuando me ven. Ya te digo que si quieren. A lo que iba, que los hombres quieren usarte como un juguete o tenerte como pareja. Te aseguro que hay un momento y un lugar para ser un juguete. Recuerdo a un muchacho que conocí en Venice…

—¡Abuela! —la interrumpí al instante. La conocía lo bastante bien como para saber que me contaría la versión pornográfica si la dejaba continuar—. ¿Cómo se sabe qué tipo de hombre es?

—Pues acostándote con él. Si te considera un juguete, se ahorrará los comentarios ñoños y cariñosos, porque irá directo al grano. A lo mejor te compra algún regalo o lo que él considere que sea necesario para llevarte otra vez a la cama si le ha gustado, pero notarás la diferencia después de acostarte con él una vez. Ahí es cuando empiezan a bajar las defensas y a abandonar el buen comportamiento.

—Vamos a suponer que no quiero ofrecer mi cuerpo como medida para tantear la situación…

—En ese caso, debemos preguntarnos en primer lugar cómo es posible que mi hija te transmitiera tan poquísimos de mis genes y, en segundo lugar, bueno, supongo que puedes ver cómo reacciona si te niegas a acostarte con él. Los hombres no se muestran muy pacientes con un juguete con el que quieren jugar. Si buscan una pareja permanente, la cosa cambia.

Le di las gracias a mi abuela por el consejo y soporté un detalladísimo relato sobre cómo había conseguido que Earl perdiera toda la cosecha de tomates que había sembrado en el jardín de delante de su habitación. La versión resumida era que Earl no sospechaba que mi abuela hacía trampas jugando al póquer. Craso error, según ella. Al parecer, le hacía mucha gracia porque en realidad aborrecía los tomates, así que planeaba vendérselos de vuelta y así sacarles beneficio.

Al final, tenía la impresión de que no me había sido de mucha ayuda. Mi abuela me ayudaba a veces solo porque sus consejos eran tan disparatados y poco prácticos que tenía la impresión de que cualquier cosa que yo estuviera pensando era de lo más racional y lógica en comparación. Supuse que, mirándolo así, la conversación me había servido de algo.

William había llamado al número del trabajo y había dejado un mensaje breve. Me había dado su dirección y me había recordado que fuera puntual. Ni más ni menos. No sabía si prefería mostrarse así de frío para ponerme nerviosa o si, en realidad, estaba actuando de forma profesional porque era un acuerdo laboral. Fuera lo que fuese, me pasé todo el trayecto con mariposas en el estómago.

Vivía en East Village. No me sorprendió, porque era una zona famosa por tener una bulliciosa vida nocturna. La dirección correspondía a un enorme bloque de pisos y el suyo, por supuesto, era el ático. El edificio era lo bastante pijo como para tener portero y una recepcionista que estaba detrás de un mostrador. Ambos ataviados como si trabajaran en un hotel de cinco estrellas. Me arrepentí de haber ido sin arreglar. Había elegido a propósito ese tipo de acercamiento informal para enviarle un mensaje a William: «No estoy intentando impresionarte. Solo quiero aprovechar la oportunidad tan ridícula que me has ofrecido, nada más». Al menos, ese era el plan. Pero, en ese momento, me sentía como si estuvieran a punto de tirarme al suelo antes de llegar al ascensor, porque me habían confundido con una indigente.

—¿William Chamberson? —le pregunté a la recepcionista. Ella asintió con la cabeza y me hizo un gesto muy al estilo de Vanna White en dirección a los ascensores—. Gracias —dije mientras me preguntaba cuánto le pagarían para señalarle a la gente el camino a los ascensores cuando estaban enfrente de la puerta principal. Seguramente más que lo que yo ganaba, pensé con amargura.

Dentro del ascensor, me esperaba un hombre bajo con un ridículo sombrero. Se levantó del pequeño taburete en el que estaba sentado y adoptó una postura perfecta que parecía querer insinuar: «Soy mejor que tú, aunque me gane la vida manejando un ascensor».

—¿Piso? —me preguntó con una remilgada voz nasal.

—El ático, por favor. —Puede que contestara con un deje un tanto ufano o puede que no. «Sí, has oído bien, hombrecillo del ascensor. Voy al ático.»

No dio muestras de que le importara mientras pulsaba el botón A y, después, se limitó a esperar con los párpados medio entornados. Acto seguido, se volvió hacia mí de repente y se dio unos golpecitos en una oreja con un dedo.

—Es mejor mantener las formas. Nos escuchan cuando el ascensor está parado.

Levanté una ceja.

—¿Los jefes?

Él soltó el aire con desdén.

—¡El gobierno!

Una vez que el ascensor se detuvo en el ático, borró toda expresión de su cara e hizo un gesto como si les hubiera echado una cremallera a los labios. Acto seguido, me guiñó un ojo.

En vez de tener unas puertas de metal bruñido como el resto de las plantas por las que habíamos pasado, nada más salir del ascensor se accedía a un enorme salón cerrado por unas puertas de hierro forjado. El hombre del ascensor insertó una llave y subió la puerta, como si fuera la persiana de seguridad de una tienda.

Sin mediar palabra, cerró la puerta una vez que yo entré y bajó de nuevo en el ascensor, dejando tras de sí el hueco de ladrillo y los cables de acero que no dejaban de agitarse.

En el fondo pensaba que William estaría esperándome, pero el lugar parecía vacío, aunque se oía un grifo abierto. Me había dicho que llegara a las seis, y tras mirar la hora en el móvil, comprobé que había llegado a tiempo. ¿Y si esperaba que le tuviera la cena preparada cuando él saliera de la ducha?

Oí el inconfundible ruido de los pasos de unas patas con uñas sobre el suelo de madera. La perrita, Gremlin, apareció derrapando al doblar la esquina. Lo que vi fue una bola de pelo esponjoso de color marrón, tan mona que parecía ridícula. Era imposible que lo hubiera conseguido sin ayuda profesional, pero supuse que no podía culparlo por haberle pagado a alguien para que la bañara y la peinara. Se golpeó contra la pared, se enderezó y, después, se abalanzó sobre mí. Me arrodillé para acariciar a esa monería de perrita, e incluso me sometí a una lluvia de besos perrunos.

—Vale. Vale. Ya veo que estás limpita y que estás muy guapa. ¿Está siendo bueno contigo?

La única respuesta que me dio fue la de mover el rabo

mientras jadeaba. Me enderecé y eché un vistazo a mi alrededor. Me sentía un poco como una intrusa, aunque sabía que William me estaba esperando. Me preocupaba un poco la idea de que él pensara que iba a esperar fuera o algo, pero tampoco había pasillo ni puerta a la que llamar.

—¿William? —lo llamé—. ¡William! —dije por segunda vez, intentando alzar un poco más la voz. Como no obtuve respuesta, acabé por convencerme de que quería que descubriera sola el camino a la cocina. Atravesé la zona de estar, situada debajo de una moderna pasarela de estilo industrial, soldada a la pared de ladrillo expuesto. El ático dejaba claro que allí vivía un soltero multimillonario. Aunque era uno de esos solteros impresionantes y no de los raritos patéticos.

Me tentaba lo de husmear un poco en busca de fotos, más que nada para ver cómo era William de joven, o cómo eran sus padres, pero mantuve una actitud profesional. Las vistas eran asombrosas; el suelo era de madera antigua; y, en las paredes, habían dispuesto una serie de pinturas muy llamativas. Además, había una escultura a escala natural de un hombre que parecía estar convirtiéndose en una nube de píxeles de metal. Me detuve un instante delante de la escultura para acariciar los cuadraditos, asombrada porque parecían flotar y alejarse del cuerpo conformando una especie de nube, aunque en realidad era un efecto, fruto de la perspectiva. Si se miraba desde el lateral, quedaba claro que los cuadraditos metálicos estaban todos unidos de alguna manera al cuadrado que tenían detrás y también a la escultura en sí.

Decidí darle un punto de bonificación por su buen gusto. En las películas, parecía que los megarricos tenían sus mansiones plagadas de obras de arte provocativas: vaginas de casi dos metros de altura, mujeres desnudas y objetos fálicos. Supongo que cuando se tiene tanto dinero, ese tipo de cosas dejan de ser horteras y se convierten en innovadoras. A menos que me preguntaran a mí, que diría que son raras. ¿A quién le apetece atravesar una vagina en el pasillo del dormitorio todas las noches y renacer, literalmente, todas las mañanas? ¿Quién quiere golpearse la frente con una erección de tres metros y medio cuando vaya por las noches al frigorífico a escondidas en busca de algo que comer?

La cocina era preciosa. La luz natural entraba a raudales por las ventanas y la planta alta del ático, que en realidad era un dúplex, era un espacio diáfano, lo que creaba una amplitud que yo no había visto mucho en Nueva York. Descubrí que la despensa estaba a rebosar con todos los productos que se me antojaran, así que empecé a planear el menú.

Y en ese momento fue cuando me percaté del siseo del bote de la nata montada. Me volví y vi a William en la puerta, cubierto por una simple toalla blanca que llevaba en torno a las caderas. Estaba poniéndose nata montada alrededor de los pezones.

—Ah, hola —dijo con un deje burlón y seductor—. Aquí, adecentándome un poco.

Me tapé los ojos con una mano, aunque era difícil no mirarlo boquiabierta. Apenas si le eché un vistazo a su torso, pero de todas formas me quedó claro que tenía el cuerpo del hombre de mis sueños. Todos los músculos definidos. Los abdominales, visibles y sin un gramo de grasa. La justa medida entre musculoso y atlético. Podría pasar sin problemas por un deportista profesional. Ojalá fuera menos chulo e insoportable.

—Estás de coña —repliqué—. ¿No sabes lo que es el acoso en el trabajo?

—¿En el trabajo? Estoy en mi casa —repuso él, y parecía ofendido.

—Una casa a la que me has pedido que venga a trabajar.

Suspiró.

—Vale. Si quieres ponerte en plan aguafiestas, iré a por… ¡Mierda, Gremlin!

La exclamación me hizo apartar las manos para mirar, a tiempo de ver que la perrita mordía la toalla que él llevaba a la cintura y tiraba de ella con todas sus fuerzas. Me tapé de nuevo los ojos. Me ardía la cara por la vergüenza.

—Esto no está sucediendo —dije.

—Un momento. —Otra vez el siseo del bote de la nata

montada. Dos veces lo oí. Y una tercera vez—. Vale. Ahora sí. ¿Estás segura de que no te apetece algo dulce? Tengo cerezas en el frigorífico, si no te gusta el helado de plátano.

—¿No has podido quitarle la toalla a un cachorro de poco más de dos kilos?

—Me dijiste que fuera bueno con ella.

Le di la espalda.

—¿Puedes hacer el favor de ponerte la ropa?

—¿Y qué voy a hacer ahora con toda esta nata montada?

—A lo mejor deberías pensar un poco antes de hacer cosas típicas de un niño de dos años.

William suspiró.

—Cereza, las palabras hieren, ¿sabes? Recuérdalo.

Sonreí y puse los ojos en blanco mientras él se alejaba. Gremlin lo siguió. Ansiaba detestarlo. Ojalá fuera fácil hacerlo. En cambio, poseía esa especie de naturalidad que nunca había visto en otra persona, como si en su mente no estuviera rompiendo regla alguna… porque jamás se había tomado la molestia de aprenderlas. Si fuera cualquier otro hombre de los que conocía, habría salido corriendo en cuanto se dio la vuelta. Pero, tratándose de William, la verdad era que ni me sorprendía ni me sentía amenazada. Así de natural era con todo. Estaba convencida de que él sabía exactamente cómo reaccionaría yo al numerito de la nata, pero que lo había hecho para echarse unas risas.

Cuando volvió, estaba decentemente vestido, lo que significaba que mi cerebro podía volver a funcionar. Verlo medio desnudo me había dejado toda aturullada.

—Tengo que preguntártelo —dije mientras le preparaba la cena, un menú sencillo consistente en un salteado de verduras y pollo, pero con mi mezcla secreta de especias y salsas que sabía que le encantaría—. ¿Todo esto es una broma para ti o vas en serio?

—¿Eh? —replicó él, que estaba sentado a la mesa, toqueteando el móvil mientras yo cocinaba. Se había puesto una camisa negra y unos pantalones grises; pero, al parecer, había decidido que los zapatos no eran importantes. Su pelo oscuro aún estaba húmedo de la ducha y vérselo tan alborotado despertaba en mí el deseo de pasarle los dedos para peinárselo un poco.

—En fin —dije, echándole valor porque me negaba a acobardarme. Era una mujer adulta y como tal merecía saber de qué narices se suponía que iba aquello—. ¿Estás intentando acostarte conmigo o esto es algo más?

—¡La leche, para el carro! —exclamó al tiempo que alzaba la vista del móvil—. Estamos trabajando. ¿No sabes lo que es el acoso en el trabajo? La verdad, ahora mismo me siento acosado. Incómodo, incluso.

Puse los brazos en jarra, sintiéndome como si fuera mi abuela mientras respondía a su ataque.

—¡Ni se te ocurra quedarte conmigo! —exclamé mientras lo amenazaba con la espátula—. Tienes suerte de que…

—¿De qué? ¿De que no lleves el caso a recursos humanos? Me obligaré a asistir a terapia de sensibilidad si admites que no te ha parecido gracioso. Una palabra sola y lo haré. Te lo juro por Dios.

Torcí el gesto, pero se me escapó una risilla.

—Ha sido increíblemente inmaduro e infantil.

Él me hizo un gesto con la mano para que añadiera algo más.

—Pero también ha tenido su pizca de gracia.

—¡Lo sabía! —exclamó él, agitando los puños en el aire—. Lo vi una vez en una película y me moría por hacerlo desde entonces. Pero tenía que esperar a la mujer adecuada. —Silencio—. En fin —se apresuró a añadir—, a una mujer que no se subiera por las paredes cuando me viera hacerlo. Tú eres así de guay. No eres una estirada. Para estirados, ya tenemos a mi hermano.

—¿A quién? —le pregunté. Tuve que hacer un esfuerzo mental para concentrarme y no preguntarle qué significaba el comentario de «la mujer adecuada», aunque me moría por freírlo a preguntas para descubrir qué había querido decir exactamente.

—Bruce. El tío es inflexible con lo de tomarse una banana al día. Le gustan de cierta forma. Tiene que ser a una hora exacta, todos los días. Joder, así conoció a Natasha. La pobre se comió su banana el día que iban a hacerle la entrevista de trabajo. Estoy seguro de que la contrató solo para castigarla, por absurdo que parezca.

—Estás eludiendo mi pregunta —le solté—. ¿Adónde quieres llegar con todo esto? ¿Qué es esto, de hecho?

Él sonrió y levantó las cejas.

—La verdad es que no lo sé. Sea lo que sea lo que estemos haciendo es una novedad para mí.

—¿Cómo? Venga ya. Seguro que cambias de chica todas las semanas.

—No me refería a esa parte… —Agachó la vista, como si estuviera avergonzado de su comportamiento, por raro que pareciera—. Digamos que nunca le he ofrecido trabajo a una mujer que me gustara. Y normalmente no tengo paciencia para esperar a que alguien me dé lo que quiero. O lo consigo cuando quiero o me largo y sigo con mi vida. Supongo que no es el caso contigo.

—¿A una mujer que te gustara? —El corazón empezó a latirme como si hubiera vuelto al instituto y el chico por el que estaba colada me hubiera mandado una nota.

—No me mires con esa cara. Es posible que puedas llenar una habitación con toda la gente que piensa que soy un capullo. A lo mejor hasta tenías razón cuando intentaste librarte de mí.

Levanté una ceja.

—A lo mejor solo me interesa tu dinero.

Él se echó a reír.

—Lo dudo. He conocido a bastantes mujeres como para darme cuenta de que esa es su intención nada más verlas. Joder, si ni siquiera me has dicho que el ático es una pasada. Además, fuiste tú quien intentó que no quedáramos más, algo que no suelen hacer las cazafortunas.

—A lo mejor soy más astuta que las cazafortunas con las que te has encontrado.

Se puso de pie y se acercó a mí hasta que acabé pegada a la encimera para evitar rozar su cuerpo. Las verduras y el pollo siseaban en la sartén. Sabía que tenía que moverlos, pero, por algún motivo, me resultaba imposible concentrarme. Solo podía pensar en lo bien que olía y en el hecho de que acababa de verlo con el torso desnudo y mojado después de haber salido de la ducha unos minutos antes. Toda esa perfección separada de mí por unas cuantas capas de ropa y un poco de aire.

Me estremecí.

—¿Astuta, has dicho? —me preguntó. Su aliento era cálido y fresco. Con cada sílaba que pronunciaba sentía su suave roce—. A mí no me lo pareces, por lo que veo. —Me miró de arriba abajo, casi con desidia, como si estar tan cerca de mí y provocarme ese efecto no fuera nada del otro mundo—. Bueno —dijo al tiempo que miraba algo que tenía en la mano—. ¿Quién es Mari-Juana?

—¿Cómo? —le pregunté. Mis ojos siguieron la dirección de su mirada. Estaba mirando mi móvil… que de forma misteriosa había acabado en sus manos. En la pantalla había una notificación. Por desgracia, el poco texto que podía leerse en la ventanita bastaba para hacer un enorme daño emocional.

MARI-JUANA: ¿Has metido ya a ese chico en la saca? Cuéntamelo con pelos y señales…

—Mari-Juana es mi abuela —contesté, despacio—. Cree que actuar como una anciana pasada de moda es vergonzoso, así que se estudia el diccionario de coloquialismos y se queda con las palabras más raras para fastidiarme. Tiene ochenta y cinco años y, siempre que nos vemos, se las apaña para cambiarse de nombre en los contactos de mi móvil.

En los labios de William apareció una sonrisa. Dios, qué labios más bonitos tenía. Me di cuenta de que los estaba mirando embobada, así que alcé la vista para mirarlo a los ojos, con la esperanza de que no se hubiera percatado.

—Vale. Mari-Juana es la abuela. ¿Y el chico este al que quieres meter en la saca? ¿Qué es eso, por cierto? ¿Una especie de saco? ¿Debería preocuparme?

—¿Por la posibilidad de que te meta en un saco o porque no seas tú?

—Bueno, mierda. ¿Por las dos cosas? Quizá deberíamos meter a otro en el saco.

Me reí.

—Solo hay uno. Un chico —añadí, sintiéndome ridícula. William no era precisamente un «chico», aunque había algo infantil en la mirada traviesa de sus ojos—. Y creo que se refiere a… bueno, en fin, sí, vamos a fingir que se refiere a un saco.

—¡Aaaah! —exclamó, asintiendo con la cabeza—. Así que le dijiste a tu abuela que querías llevarme al catre, ¿no? Qué mentirosa eres. Solo me ha faltado poner señales luminosas para indicar el camino a mi dormitorio y has pasado de ellas como si fueras Stevie Wonder.

—Qué falta de sensibilidad —protesté, aunque se me escapó una risilla tonta sin querer.

—La falta de sensibilidad es uno de mis múltiples talentos. Pero no cambiemos de tema. ¿Por qué cree Mari-Juana que me quieres en la saca?

—¿Porque está un poco loca? —sugerí—. Ni siquiera le he dicho cómo te llamas. Me he cuidado mucho de hablar de ti más de la cuenta.

—Entiendo. Así que tienes que esforzarte para no hablar de mí. ¿Es frecuente que tengas que luchar contra la tentación de pensar o de hablar de mí, sobre todo a altas horas de la madrugada?

Abrí la boca para decir algo, a saber qué podría salir, pero en ese mismo momento capté el olor de algo que se estaba quemando.

—¡Mierda! —masculle.

William tuvo que apartarse un poco para que yo pudiera darme la vuelta. Retiré la sartén del fuego, pero el daño ya estaba hecho. Puse el extractor al máximo y me apoyé en la encimera, suspirando al ver la comida achicharrada.

—Cena al estilo cajún —dijo William.

6

William

Hailey hizo de nuevo la cena mientras yo enviaba un mensaje de correo electrónico al trabajo. Ya era bastante raro para mí trabajar cuando estaba en la oficina, así que lo de enviar un mensaje de correo electrónico superaba todos los límites. Supongo que era una semana de novedades en muchos ámbitos.

Mi abogado me había enviado un mensaje con el asunto en letras mayúsculas: «OTRO MÁS…».

Leí el contenido y vi que era otra persona demandándome por una ocurrencia extraña. Era algo que sucedía casi semanalmente, así que ya estaba acostumbrado. Si te convertías en un pez gordo, los peces pequeños se pasaban la vida intentando encontrar la forma de darte un bocado. Así funcionaba el mundo. Y, sí, de vez en cuando podía ser imbécil, pero no era tan tonto como para robarle a mi propia empresa cuando ya era una mina de oro, ni para cometer cualquiera de los demás delitos de los que me acusaban. Tenía tanto dinero que no sabía qué hacer con él. Literalmente. Una vez le eché un vistazo a la cuenta del banco e intenté imaginar que me gastaba todo el dinero en un año. La única manera que se me ocurrió fue construyendo montones de rascacielos o de yates de superlujo.

La triste verdad sobre el hecho de tener tanto dinero era la siguiente: la gente está programada para ansiar más. Más cosas, más poder, más influencia. Nos enseñaban que el dinero era la clave de todo, así que nos dejábamos los cuernos todos los días trabajando para alcanzar ese caramelito que nos habían puesto delante. Hasta que un día, después de haber comprado propiedades por todo el mundo, de haber contratado a todo el personal necesario para encargarse de las menudencias de tu día a día y de tener todo lo que siempre habías deseado... ¿qué te quedaba?

Podría decírselo a la gente, pero nadie querría oír eso, claro. No me harían caso. Porque todos creerían que yo desconocía lo que era preguntarse todos los días si el mes siguiente seguiría teniendo un lugar donde vivir o si habría comida en la mesa esa noche. Pero yo lo sabía mejor que nadie. La verdad que la gente no quería enfrentar era que el dinero era una droga más, aunque fuera una a la que solo tenía acceso una ínfima parte de la población mundial.

Miré de nuevo el mensaje de correo electrónico. Las amenazas legales siempre me hacían pensar en el dinero, porque esa sí que era una forma en la que imaginaba que podía perder mi fortuna.

Pero, amenazaran mi fortuna o no, era incapaz de detenerme a analizar los detalles. Mis ojos insistían en clavarse en el culo de Hailey mientras se movía de un fuego a otro en la cocina, se agachaba para sacar los *brownies* del horno y se ponía de puntillas para abrir el microondas. Era un espectáculo más bonito que cualquier ópera u obra de teatro de Broadway que yo hubiera visto jamás. Había poesía en ese culo. Dos nalgas en perfecta armonía, trabajando juntas por un objetivo común, protegidas del mundo tan solo por una triste y delgada capa de algodón. Y también había misterio en esos cachetes. ¿Llevaría tanga debajo de la falda? ¿Bragas? ¿*Culottes*? ¿De qué color?

Tantas preguntas...

—Bueno —dije—. ¿Tu exacosador es un tema tabú o puedo preguntarte qué pasó con él?

Ella se limpió las manos en el delantal que llevaba en torno a la cintura y, después, se colocó un mechón de pelo detrás de una oreja.

—No es una historia muy interesante. Cortamos, y no fue de mutuo acuerdo.

—¿Cuánto tiempo estuvisteis juntos antes de cortar?

—Unos meses.

Me froté la barbilla.

—Así que lo que me estás diciendo en realidad es que la historia sí es interesante, pero que solo estás dispuesta a ofrecerme el resumen, ¿no?

Ella sonrió con un gesto un poco contrito.

—Puedo manejarlo perfectamente, ¿vale?

—Me lo creo. Tienes pinta como de monja tranquila que practica kárate en secreto y que es capaz de asfixiarte con una llave. Es muy erótico.

Soltó una carcajada sorprendida.

—¿Cómo? ¿De verdad me ves así?

Levanté las manos en señal de rendición.

—¿Qué respuesta evitará que acabe asfixiado?

Ella me miró, furiosa.

—Una en la que no vuelvas a llamarme monja tranquila nunca más, ¿vale?

—Vale. Buscaré apodos que hagan referencias menos sutiles a tu virginidad.

Soltó la espátula con fuerza y se volvió para mirarme, cabreada.

—¿Qué te hizo pensar así de repente que era virgen, por cierto?

Me encogí de hombros.

—¿La intuición? ¿El instinto? O a lo mejor fue tu amigo, que cuando tú te pusiste de espalda aquel día en la pastelería me murmuró la palabra. Mientras te señalaba y después me hacía un gesto, levantando los pulgares. Se pasó un poco, la verdad.

Ella esbozó una sonrisa torcida y se encogió de hombros.

—Voy a matarlo.

—Tengo un buen abogado, por si necesitas uno después del crimen.

—Qué gracioso. Bueno, tu cena está lista por fin —anunció al tiempo que me ofrecía un plato. Había preparado tortitas templadas para rellenarlas con pollo, cebolla y pimiento. También me ofreció un cuenco con nata agria, queso y gajos de lima, junto con lo que parecían unos nachos caseros y algún tipo de salsa.

—¿Dónde está tu plato? —le pregunté.

—¿Quieres que coma? ¿Contigo?

Parecía genuinamente sorprendida. Típico de la repostera el ser tan inocente. A veces me daba la impresión de que sabía muy bien lo que yo me traía entre manos y, otras veces, parecía estar en Babia.

—Coge un plato y siéntate. No pienso comer aquí solo contigo mirándome ahí plantada.

Esbozó una sonrisa sarcástica.

—Podrías mandarme a casa. Querías que fuera tu cocinera y ya te he cocinado. ¿No?

Su tono me decía claramente que no quería que la mandara a casa. Sería una lección estupenda si pasara de su farol y le dijera que se marchase, pero no pude resistirme a morder su anzuelo y a seguirle el juego.

—¿Cómo voy a saber que no has envenenado la comida si tú no comes?

Cogió un trozo de pollo y lo masticó mientras levantaba las cejas.

—¿Ya estás contento?

—¿Y si admites que, en realidad, quieres quedarte un rato más y cenar conmigo?

—Eso sería mejor, sí —contestó. La sonrisa que esbozó tenía un cariz tímido que me encantó. Algunas mujeres sonreían como si se supieran lo más. Como si llevaran toda la vida escuchando lo guapas que eran. Y luego estaban las sonrisas como la de Hailey. Tímidas y un poco contritas. Por un instante, parecía genuina y deslumbrante, sin reserva alguna y luego, de repente, era como si empezara a dudar de sí misma. Un poco más y casi me creía que estaba tan loca como para no saber que era un bombón y que su sonrisa era perfecta.

Cuando la conocí, me pareció un desafío. Era virgen, y eso significaba que tenía algo que yo podía quitarle. Algo que no le había entregado a nadie en todo ese tiempo. El cleptómano que llevaba en mi interior se sintió atraído.

Cada minuto que pasaba con ella hacía que empezara a preguntarme si, al conocerla, había encontrado el premio gordo. No solo era una mujer a la que quería llevarme a la cama y después olvidar. Lo que le dije a Bruce sobre lo de averiguar si merecía la pena conservarla tal vez no fuera un desliz. Hailey era real. No me lamía el culo porque yo estuviera bueno. No parecía importarle que me saliera el dinero por las orejas. ¡Joder, si hasta quería que la dejara tranquila!

Era distinta.

Cuando acabamos de comer, el sol ya se había puesto. La conversación fluyó con sorprendente facilidad; pero, en cuanto los platos estuvieron vacíos, empezó a flotar una especie de emoción en el aire. El peso de dicha emoción aplastó todas las palabras y todas las sonrisas, y dejó un silencio incómodo y absoluto.

—Debería irme —dijo ella por fin.

—Podrías quedarte —repliqué. No añadí nada más. No intenté forzarla ni tampoco retiré la invitación. La dejé allí, sobre la mesa, para que marinara. Miré esos ojos que no se apartaban de los míos.

—No debería —dijo—. Pero me lo he pasado muy bien. De verdad.

Me puse de pie con una sonrisa sincera. No le habría dicho que no de haber querido quedarse. Y, si se hubiera quedado, lo más seguro era que hubiéramos acabado en la cama. Al fin y al cabo, yo era humano, por muy buenas intenciones que tuviera. Aunque una parte de mí se alegraba de que ella hubiera tenido el valor de decir que no. De algún modo, creía que si me permitía acostarme con ella esa noche, todo acabaría igual que había acabado con las demás mujeres.

De camino al ascensor, le robé una horquilla del pelo. Ella no pareció darse cuenta mientras se colocaba los mechones sueltos detrás de la oreja y me miraba con una sonrisa.

—¿A la misma hora mañana? —me preguntó.

—A la misma hora.

Me mecí en el sillón de mi despacho de Galleon Enterprises mientras observaba cómo mi padre y mi madre entraban y se sentaban al otro lado de mi mesa. Como de costumbre, mi padre entró pavoneándose como si hubiera hecho algo importante en su vida, además de ir atascando inodoros allá por donde pasaba… y no era una exageración.

Se subió los pantalones y se sentó en la silla con un suspiro satisfecho. Mi madre al menos tenía la decencia de comportarse como si supiera el lugar que ocupaban en el mundo. Ambos vivían como sanguijuelas. Una vez que se dieron cuenta de que Bruce y yo íbamos a ser su fuente de ingresos, decidieron abandonar el mundo laboral. Su única ocupación consistía en intentar sacarnos pasta todos los meses.

Bruce solía negarse en redondo y mandarlos a la mierda. ¿Yo? Supongo que era más blando que él. Amasar una fortuna había convertido el mundo en el paraíso del cinismo. Solo veía a gente avariciosa allá donde miraba. Gente que solo me conocía como don Millonario. Mis padres, en cambio, me conocían desde antes. Sí, parecía que solo me buscaban cuando necesitaban pasta, pero al menos intentaban hacer algo con sus vidas. Más o menos. Siendo sincero, creía que mi padre se gastaba en apuestas la mayor parte del dinero que le daba y el resto, en gilipolleces.

Supongo que no tenía mucho sentido, pero siempre les daba dinero cuando querían, a menos que me pillaran de mal humor. De todas formas, era más sencillo que rebelarse. Mi única preocupación era asegurarme al menos de que sudaran para convencerme de que les diera algo. Además, en cierto modo, me gustaban las ridiculeces que se inventaban mes a mes. Eran un vínculo retorcido y extraño con mi antigua vida. Mi dosis mensual de nostalgia, y solo me costaba unos cuantos miles de pavos.

—Hijo, estamos en un aprieto —anunció mi padre.

—¿Ah, sí? —repliqué al tiempo que me inclinaba hacia delante.

—Estábamos haciendo progresos con la idea del lavadero de coches, pero ahora el capullo ese de Simmons nos pide el doble por el terreno de Kingston. ¿Te lo puedes creer? Ese gilipollas se cree que vive en Nueva York y no en pueblucho en mitad del campo. —Mi padre era un buen actor. El tipo de tío que ni pestañearía mientras estafaba a una anciana para sacarle los cuartos. Seguramente por eso le permitía que me los sacara a mí todos los meses.

—¿Ah, sí? —repetí.

Mis padres intercambiaron una mirada. A veces, me parecía que se sentían un poco culpables del rollo ese que nos traíamos. Yo me limitaba a aguantar el chaparrón hasta que llegábamos a la parte en la que les daba el dinero y cambiábamos de tema. Bien pensado, a lo mejor era patético. Básicamente, les pagaba para poder hablar como si fuéramos una familia normal una vez que superábamos la parte monetaria del encuentro.

—Hemos pensado que otros diez mil nos sacarían de apuros con el banco —dijo mi padre—. No van a darnos el préstamo a menos que aportemos una entrada mayor.

—Claro. Si crees que con eso es suficiente… —Mi voz sonó más fría de lo que pretendía, pero no me disculpé. Podía reírme de ellos todo lo que quisiera, pero llevaba mucha amargura en mi interior. Mucha furia. Tampoco ayudaba mucho la certeza de que habían convencido a Zoey para que apareciera husmeando de nuevo en mi vida.

Saqué el talonario de cheques y empecé a rellenar uno.

—¿Quieres que lo lleve yo al banco o…?

—¿Qué te parece si lo firmas y me lo das? De todas formas tengo que reunir el resto del dinero, así que mejor lo llevo al banco cuando lo tenga todo.

—Claro —repliqué.

—Bueno —dijo mi padre con alegría mientras se guardaba el cheque en el bolsillo—. ¿Cómo te va la vida?

—No puedo quejarme, ¿verdad?

—Que tengas dinero no significa que no puedas quejarte, cariño —repuso mi madre.

—Vale, pues ayer me comí una barrita de chocolate de camino al trabajo y resulta que se me cayeron unos trocitos y me senté encima de ellos. No me di cuenta hasta la hora del almuerzo de que me había pasado todo el día de un lado para otro con los pantalones manchados por detrás. Qué vergüenza.

Mi madre sonrió.

—Qué payaso eres, William.

—¿Has pensado en lo de Zoey? —me preguntó mi padre.

—No hay nada más que pensar, papá. Le di una oportunidad y no funcionó. Fin de la historia.

—Es que creo que haríais una buena pareja, hijo. Es una buena chica, no como las fulanas esas con las que te veo en las revistas.

—En la revista. Solo me sacaron una vez. Y porque no sabía que la chica participaba en un programa de televisión.

—William, solo queremos lo mejor para ti —terció mi madre.

—Ya soy mayorcito y sé perfectamente lo que es mejor para mí. Supongo que la mejor manera de descubrirlo es experimentar primero con lo peor.

Mi padre suspiró.

—Bueno, tú piénsatelo. Zoey es una buena chica. De verdad que creo que haríais buena pareja.

Al cabo de unos minutos, conseguí echarlos de mi despacho. Sí, agradecía la dosis de nostalgia; pero, joder, me colmaban la paciencia en cuestión de minutos. Conmigo eran distintos de como eran con Bruce. Mi hermano les había dado la espalda hacía mucho tiempo. Saltaba a la vista que entre ellos había un abismo, pero yo no quería cortar por lo sano con ellos como había hecho él.

Coloqué de nuevo los pies sobre la mesa, uní los dedos y me puse a reflexionar. Si de verdad se preocuparan por mí, se alegrarían de conocer a Hailey, comprendí.

Desde que la conocí, había descubierto que me rondaba continuamente por la cabeza. La promesa de verla al día siguiente lo iluminaba todo como si fuera un deslumbrante letrero de neón. Por sorprendente que fuera, ni siquiera estaba pensando en que pudiera pasar algo entre nosotros y, aun así, me sentía emocionado. Me di unas palmaditas en el paquete para asegurarme de los huevos seguían en su sitio. Sí. Allí estaban, tan bonitos como podían serlo... hibernando, supuse. La paciencia tenía su recompensa, y esperaba que el refrán fuera cierto, joder.

7

Hailey

*E*staba sentada con Candace y Ryan en una de las mesas de El Repostero Dicharachero media hora antes de la apertura. Mi mente repasaba lo que le diría a Ryan si perdía la pastelería. Al fin y al cabo, no solo estaba mi carrera en la cuerda floja. El propietario del local me había dejado un montón de mensajes de voz nuevos, y seguía pasando de ellos, que Dios me ayudara. Tenía una cita con el banco después del trabajo para pedir un préstamo empresarial. Mi capacidad de crédito era tan impresionante como la de Mike Tyson cuando fueron a embargarle el tigre que tenía de mascota y los coches deportivos, así que no esperaba un milagro, pero tenía que intentarlo.

Candace tamborileaba con los dedos sobre la mesa y me fulminaba de tal manera con la mirada que me llegaba hasta el alma.

—¿Y bien? —me preguntó—. Deberías sufrir daño cerebral para no saber lo que vamos a decirte que debes hacer.

Ryan asintió con la cabeza.

—Está ahí, ondeando al viento, a la espera de que des un paso y la cojas.

—La polla de William —añadió Candace—. Está hablando de la polla millonaria de William.

Ryan se atragantó.

—Errr… la verdad es que no. Hablaba de la oportunidad.

—Un tecnicismo —masculló Candace.

—Una polla y una oportunidad no son lo mismo, vamos —repliqué.

—En este caso, lo son. Como hermana tuya que soy, te digo que te arrepentirás de haber dejado escapar esta oportunidad el resto de tu vida si no te mueves. Era buena amiga de la mujer de Bruce cuando trabajaba para *Mundo empresarial*, así que se puede decir que soy una experta en los hermanos Chamberson. ¡Prácticamente fui yo quien los emparejó y mira lo bien que les ha ido!

—¿A qué vienen las prisas? Voy a verlo todas las noches.

—En fin… —empezó Ryan—, por hacer de abogado del diablo… Es posible que William no piense que lo de ser su chef personal sea algo a largo plazo. A mí me pareció que se lo sacó de la manga sin pensar cuando estuvo aquí ayer. Como si quisiera un motivo para que fueras a su casa.

—Pagó por tu *puttana* —convino Candace—. Y ahora te toca a ti darle lo que ha pagado.

—Lo siento. —Levanté una mano y cerré los ojos un segundo antes de mirar a Candace a la cara—. ¿Acabas de decir «*puttana*»? ¿A qué estamos jugando, a la palabra preferida de la abuela esta semana?

—Ni siquiera sabes lo que dices, Candace —protestó Ryan—. A ver, «*puttana*» significa «puta»… No es una parte del cuerpo.

Candace agitó las manos para silenciarnos.

—Da igual. Lo que digo es que esto es como cuando un tío te invita a cenar y paga él todo. Al menos tienes que pensarte lo de darle algo a cambio.

—Espera, ¿qué has dicho? —preguntó Ryan—. ¿Las tías pensáis así de verdad?

Candace lo miró con cara de pocos amigos.

—No me vengas con esas. Y yo no he dicho que tengas que abrirte de piernas porque un tío te invita a cenar. Lo que digo es que hay como una especie de obligación. Y solo hablo de una cena. No me imagino lo que esperará un tío que pone una empresa multimillonaria de publicidad a tu disposición con tal de llevarte a su casa.

—Seguramente le dirá a alguien en prácticas que imprima unos cuantos folletos y los pegue en las cabinas telefónicas.

Ryan se echó a reír.

—Subestimas la atávica desesperación de un hombre por conseguir un coño, Hailey. Antes de que se descubriera el fuego, ya había cavernícolas que se mataban con tal de conseguir uno. Es algo bíblico, lo puedes comprobar.

Puse los ojos en blanco, aunque Candace asentía con la cabeza como si fuera lo más inteligente que había oído en la vida.

—Ryan tiene razón —convino—. La sociedad ha educado a las mujeres para proteger su pureza y ha educado a los hombres para perseguirla. Si una chica se entrega sin más, acaba con la reputación por los suelos, pero si el chico lo hace, le dan una palmadita en la espalda para felicitarlo por la muesca en su cama. Pues que sepas una cosa, solo conoces a tres personas, y las tres te decimos que te lances a la piscina. Además, los estándares sociales para el sexo son una chorrada.

—Conozco a más de tres personas —protesté.

—Dime quiénes son.

—Está Jane, una mujer que viene de vez en cuando. Conozco a William, a su hermano Bruce y a la mujer de este, Natasha.

Ryan y Candace se cruzaron de brazos y me miraron con cara de que no los había impresionado en absoluto.

—¿No dijiste que te pareció que Natasha y Bruce querían que acabarais juntos? —me preguntó Candace.

Suspiré.

—Es posible que lo dijera.

—Vale, pues voy a corregir lo que acabo de decir. Solo conoces a siete personas, y cinco de ellas te dicen que te lances a la piscina. Una de ellas ahora mismo seguramente la tenga durísima mientras sueña que le das lo que quiere.

—Ya lo pillo, ya lo pillo. Pero, que conste, dudo que William sea de los que piensan en mí cuando no me ven. Ese tío tiene una vida perfecta. Estoy segura de que tiene un montón de cosas que hacer ahora mismo antes que pensar en mí.

Me di cuenta de que Ryan no me miraba desde hacía más de un minuto, de modo que al final miré al lugar donde él tenía clavada la vista. Allí vi una silueta alta, pero no podía distinguir los detalles porque los cristales estaban llenos de vaho.

—¿Es…? —empezó Candace.

—Es el tío que tiene un montón de cosas que hacer ahora mismo antes que pensar en Hailey —dijo Ryan con una sonrisa—. Ajá.

Seguro que se dio cuenta de que lo mirábamos, porque dio unos golpecitos en el cristal y señaló la puerta.

Les hice una mueca a Ryan y a Candace.

—Nada raro. Por favor os lo pido. Comportaos con normalidad y no hagáis que la situación sea incómoda, ¿vale?

Los dos levantaron las manos como si los estuviera apuntando con una pistola.

—Nos portaremos bien.

—Lo juro por mi honor de Boy Scout —dijo Ryan.

—No fuiste Boy Scout.

Él se encogió de hombros.

—¿Tampoco puedo decir «Ay, Dios mío» si no creo en Dios?

Pasé de él y fui a abrirle la puerta al hombre que podía suponer sin temor a equivocarme que era William. Al fin y al cabo, no me había topado con muchas personas de su estatura y su complexión. La gente tan alta como él parecía desgarbada, como si solo tuviera piernas o tuviera los brazos demasiado largos para el cuerpo.

Cuando abrí la puerta, me sonrió y entró sin más. Me puso una mano en la cadera al pasar, como si estuviera haciéndose hueco de una forma muy educada, pero el gesto me provocó una oleada de calor por todo el cuerpo.

Estaba guapísimo, algo que no debería sorprenderme. Llevaba una chaqueta negra que seguramente valdría lo mismo que varios meses de alquiler de la pastelería, una camisa blanca con su habitual número de botones desabrochados y pantalones de pinzas. Tenía el pelo alborotado, como de costumbre. Se pasó una mano por él, colocándoselo bien durante medio segundo antes de que cayera y se le quedara tal cual estaba antes.

—¿Estáis manteniendo una reunión estratégica? —preguntó al tiempo que señalaba hacia la mesa donde Candace y Ryan seguían sentados, con una expresión tensa casi cómica. Parecía que estaban esperando que estallase una bomba.

—Pues… sí —dije, al darme cuenta de que no era mentira.

Él asintió con la cabeza.

—Bien, bien. Anoche terminamos la primera fase de tu plan publicitario y quería decirte que esperes algo más de movimiento hoy.

—¿Cómo? ¿Ya?

—Ajá. Galleon Enterprises no se anda con tonterías, Cereza. Nos matamos por nuestros clientes. Te sugeriría que contrataras a más personal para ayudarte con el trabajo extra. Tan rápido como puedas.

—Ryan y yo podemos con más personas de las que suelen venir. Contratar a otro empleado es un gasto que no puedo permitirme ahora mismo con el presupuesto que tengo.

—Créeme, cuando Anderson Cooper hable de tu increíble tarta de cereza en *Good Morning America* en cuestión de… —Se miró el reloj—. En cuestión de media hora, desearás tener unos cuantos empleados más. Joder, si hasta puede que necesitemos un portero.

—Está de coña, ¿verdad? —Candace parecía tan alucinada como yo.

Miré a William a la cara. Arrogante, guasón, pero no mentiroso.

—No creo que esté de coña. —El estómago me dio unos cuantos vuelcos, se me encogió por completo y luego se me cayó a los pies. Quería desmayarme.

—¿Estás bien? —me preguntó. Dio un paso hacia mí y me rodeó con un brazo, colocándome la mano en la base de la espalda para ayudarme a mantener el equilibrio.

Oí una palmada procedente de donde se encontraban Candace y Ryan. Si no supiera que era imposible, habría dicho que habían chocado los cinco.

—Se me pasará —le aseguré—. Pero dudo mucho que la cosa vaya a ser para tanto. Estoy segura de que nos apañaremos.

William hizo una mueca.

—Tengo que serte sincero: lo de Anderson Cooper ha sido un favor que me debía y que he estado reservando para un cliente especial. La última vez que habló de un local en Nueva York, convirtió a un chef relativamente desconocido y a su restaurante en un fenómeno nacional. Básicamente he lanzado el equivalente a una bomba nuclear el primer día. Puede que me haya pasado un poquito, ¿tú qué crees?

Empecé a marearme de nuevo. La cabeza me daba vueltas, pero la sensación de su brazo en la espalda era tan maravillosa que una gran parte de mí no quería recuperarse, si con eso seguía sujetándome de esa forma. Cerré los ojos, inspiré hondo varias veces y me incorporé. Si tenía razón, necesitaba ponerme manos a la obra enseguida a fin de prepararme para un aluvión de clientes.

Me quitó la mano de la base de la espalda y me miró como si quisiera saber si iba a mantenerme en pie o no.

—Oye, vamos a hacer una cosa. Te echaré una mano hoy. Bruce puede vivir sin mí en la oficina. Además, si aparezco por allí, lanzaré más bombas para ti. A lo mejor es preferible que frene un poco al equipo durante una temporadilla, hasta que veamos qué tal funciona esto.

—Te agradezco el ofrecimiento —dije—, pero tardaría demasiado en enseñarte cómo va la cosa para que fueras de ayuda.

—Por favor, no me vengas con esas. ¿No sabes con quién hablas? He probado un montón de cosas y se me han dado de vicio todas y cada una de ellas.

Puse los ojos en blanco.

—¿Qué me dices de la modestia?

—Uf, la bordé cuando la usé una vez.

Candace sonrió.

—Yo también puedo ayudar. Todos echaremos una mano.

—¿Qué pasa con tu jefe? —le pregunté.

—Le mandaré un mensaje diciéndole que tengo la regla. Es algo que los tíos no quieren tocar ni con un palo. ¿Qué puede decirme? ¿Échale ovarios, guapa?

—Yo me pongo con Candace. —Ryan se levantó y empezó a atarse el delantal—. Tú puedes trabajar con William, Hailey.

William me sonrió.

—¿Me vas a dar un delantal?

—Sí —le contesté. Estaba demasiado concentrada en el miedo de que me iba a quedar sin género si llegaban demasiados clientes como para que me hiciera gracia—. Espera un momento. Tengo algunas camisetas en la parte trasera. También tengo una para ti, Candace.

—Genial. —William se quitó la chaqueta y empezó a desabrocharse los botones.

—¡Para el carro! —Extendí los brazos y le cogí las manos para que no se desnudase en mitad de la pastelería—. ¿Qué problema tienes con eso de desnudarte en público?

—Claro —dijo al tiempo que asentía con la cabeza—. Casi se me olvida que lo del numerito con la nata montada no salió muy bien.

Lo fulminé con la mirada antes de inclinarme hacia delante y susurrar:

—Aunque disfrutara del numerito del *striptease*, preferiría que no lo hicieras delante de mi hermana.

Agachó la cabeza hasta que tuve sus labios a la altura de la oreja y susurró:

—Acabas de conseguir un pase para un *striptease* privado, Cereza. ¿Qué te parece esta noche?

Me puse colorada.

—Me parece que deberíamos concentrarnos en sobrevivir a la locura que has tenido la amabilidad de desatarnos encima antes de pensar en esta noche.

—Oye —protestó al tiempo que se erguía y alzaba la voz—, dijiste que querías tener más clientes. No puedes culparme por ser demasiado bueno en mi trabajo.

—A ver lo bueno que eres siguiendo órdenes.

Hizo una mueca.

—Vale, eso se me había olvidado. No es uno de mis puntos fuertes.

William soltó por octava vez un taco muy soez en ocho minutos cuando una bola de harina salió disparada de la amasadora y le cubrió la cara. Solo habían pasado diez minutos desde que se colocó el delantal, y ya había estropeado una amasadora y una hornada de galletas, había derretido el mango de un cacillo sobre el fuego y se había comido varias cucharadas de cobertura. Nunca lo había visto tan fuera de su elemento ni tan frustrado, y aunque estaba casi contando los minutos hasta que la supuesta marabunta de personas hambrientas atravesara las puertas después de que Anderson Cooper nos mencionara en la tele, estaba disfrutando demasiado del espectáculo como para decirle que se fuera.

Candace aplaudió, emocionada, cuando Ryan asintió con la cabeza para darle su aprobación. Mi hermana ya dominaba la boquilla para extender la cobertura decorativa de las bolitas que eran la marca de la casa: unas bolitas de masa dulce muy fina rellenas que freía y luego pintaba con cobertura blanca, azul y rosa para que parecían más vistosas. Dicharacheras, vaya. ¿Lo pillas? El Repostero Dicharachero, porque... eso mismo. Cada bolita cabía en la palma de la mano e iba rellena de chocolate, de ganache, de mermelada de fresa o de crema.

Y William... William lo estaba destruyendo todo, pero lo hacía de tal forma que era incapaz de apartar la vista. Se golpeaba la cabeza con los armarios superiores, pesaba mal los ingredientes y, en resumen, sembraba el caos allí donde metía la mano. Por muy raro que pareciera, y pese al estrés que me atenazaba por la inminente oleada de clientes, me gustaba. Me gustaba su caos torpe y bienintencionado junto a mí en la cocina. Lo humanizaba. Después de pasarse unos minutos destrozándome el obrador, tenía la sensación de que había aprendido más de él que en todos los encuentros anteriores.

Se me acercó con azúcar de cobertura por toda la cara y con mermelada de fresa en el cuello. La enorme camiseta de cuello redondo con el logotipo de la pastelería que le había dado se le ceñía muchísimo, me fijé en ese momento.

—Los *muffins* ya están. Y tienes razón. Ya veo por qué una encapsuladora de *muffins* era una sugerencia idiota. Esos cabroncetes se encapsulan solos.

Sonreí.

—No sé si yo lo diría de esa forma exactamente, pero gracias. A lo mejor podrías… quedarte quietecito unos minutos mientras sacamos las cosas calientes de los hornos.

William echó la cabeza hacia atrás y frunció el ceño.

—¿Qué? ¿Crees que no soy capaz de aguantar un poquito de calor? Cereza, Cereza, Cereza, ¿qué voy a hacer contigo? —Me puso una de sus enormes manos en un hombro y meneó la cabeza—. Nadie aprende tan rápido como yo. Seguramente esté a dos minutos de clavar todo esto. Confía en mí.

Desvié la vista hacia el estropicio que había dejado a su paso y luego lo miré a la cara de nuevo, dejando que mi escepticismo fuera evidente.

—En fin, si estás tan seguro … Solo necesito sacar el pan y ponerlo al fondo.

Levantó la mano como si no quisiera que lo insultara dándole más instrucciones.

—Ya. Estoy seguro de que soy capaz de averiguar cómo se saca el pan del horno.

Cogió un paño húmedo que colgaba junto al fregadero y abrió la puerta del horno con la otra mano.

—¡William! —exclamé—. No puedes usar un paño húmedo para sacar una bandeja caliente del horno.

Se echó a reír.

—Claro. Se llama ciencia, Cereza. El agua enfría las cosas

calientes. Un paño húmedo funciona mucho mejor que… ¡Joder! —Apartó la mano y la sacudió con fuerza mientras se sujetaba la muñeca con la otra mano.

Tuve que pasar unos minutos de los que no disponía para curarle la quemadura, que ya lucía una ampolla. Lo senté en la silla de mi despacho y me aparté una vez que le vendé la mano.

—Con esto debería bastar. Pero tal vez debas descubrírtela cada media hora o así. No sé… No se me dan muy bien los consejos médicos. —Lo miré con una sonrisa torcida—. Pero seguro que tú eres un hacha, ¿verdad?

Él esbozó una sonrisa guasona.

—Disculparme es uno de mis numerosos talentos, te lo creas o no. Y me disculpo por ser un imbécil. Tenías razón. Se me da fatal la repostería. Y, en fin, carezco de las mínimas dotes necesarias para sobrevivir en una cocina.

Me eché a reír.

—No he dicho que se te diera fatal. Es que… a ver, no tienes ni un pelo de talento innato. Estoy segura de que con un poco de práctica…

—Si tú eres la profesora, me apunto a las clases. ¿Podemos hacer lo de la peli esa, *Ghost*? Tú puedes ser Patrick Swayze y ponerte detrás de mí mientras yo me coloco un cuenco para mezclar entre las piernas. Podrías enseñarme a ensuciarme las manos en la cocina, y luego yo podría enseñarte a ensuciarte las manos con las luces apagadas.

—¿Por qué iba a querer cocinar con las luces apagadas?

Entrecerró los ojos.

—Porque… Joder, ¿en serio?

Me eché a reír de nuevo.

—Es broma. —Me di cuenta de que me estaba mordiendo el labio, señal inequívoca de que me lo estaba pasando demasiado bien, sobre todo teniendo en cuenta que seguramente una marabunta de clientes estaba a punto de entrar en tromba si el truco publicitario de William salía bien—. Solo tengo que hacerte una pregunta.

—¿Sí? —dijo él.

—¿Por qué tengo que ser Swayze? Quiero ser Demi Moore.

—Nos turnaremos. Al fin y al cabo, un Chamberson siempre paga sus deudas.

—¿Los Chamberson también tiran por las ventanas a los niños pequeños y se acuestan con sus hermanas?

—Depende de si el niño pequeño en cuestión se lo merecía, y solo tengo un hermano. Así que no, mi parecido con Jamie Lannister, de *Juego de tronos*, termina en lo de la deuda.

—Qué pena. La lucha a espada me pone muchísimo.

—Siempre puedo aprender.

Me eché a reír.

—Si se te da también como la cocina, acabarás cortándote a cachitos antes de aprender.

—Es totalmente distinto. La repostería es mucho más difícil de lo que parece. Una cosa, ¿por qué escogiste esto?

—En fin… porque la repostería hace que me sienta a salvo.

—Sí, claro —repuso él al tiempo que levantaba la mano herida.

Sonreí.

—Hay ciertas reglas que no cambian para la repostería. Si tienes cuidado y tienes paciencia, acabas con una recompensa. En la vida real, parece que es todo lo contrario. Si cultivas la paciencia, la vida te pasa por delante sin que te des cuenta. Si tienes demasiado cuidado, verás cómo se te escapan todas las oportunidades que se te presentan.

—No seas tan dura contigo misma. Tú asumes riesgos. Mírate, aquí estás sentada, conmigo.

Levanté una ceja.

—¿Me estás diciendo que debería considerarte un factor de riesgo?

—Ah, ya lo creo. Soy peligroso. Me han dicho que soy un criminal. Un pervertido.

—Mi libertino particular —repliqué con una sonrisa traviesa.

La campanilla que había sobre la puerta sonó. Me di

cuenta de que estaba muy cerca de él y me enderecé de inmediato. Carraspeé y sentí cómo la nube romanticona y de color rosa que se había aposentado a mi alrededor se disipaba en un instante.

—Si estás en lo cierto con este truquito publicitario, creo que ya empieza.

—Iré a ayudar —se ofreció.

Le puse los dedos en un hombro, instándolo a quedarse donde estaba.

—Por más que disfrute viéndote dar botes por la cocina como un pez fuera del agua, creo que será mejor que te quedes aquí.

—Ah —dijo él, al tiempo que se sentaba de nuevo—. Claro. Me quedaré justo aquí.

Había esperado que se resistiera un poquito más, pero no pensaba rechistar si él quería rendirse sin más.

—Oye, no tienes por qué quedarte aquí. Seguro que tienes algo importante esperándote en el trabajo, ¿no?

—Estoy bien. —Se sacó el móvil y le dio una palmadita—. Si Brucie me necesita, me llamará. Además, no puedo dejar que mi Cerecilla se enfrente a todo esto sola.

Tuve que contener la sonrisa que amenazaba con brotar, porque tenía gracia la cosa.

—¿Tu Cerecilla? No sé si es más o menos ofensivo el nombre que antes.

—Es un apelativo cariñoso. Cuanta más vergüenza provoque que otra persona lo oiga, más significado tiene. Así funciona esto.

—Entiendo. ¿Eso quiere decir que si te llamo ladrón o cleptómano, es un apelativo cariñoso?

—No. Es ofensivo. Además, esta mañana solo he robado una cosa, así que es una exageración en el mejor de los casos.

—¿Has robado algo?

—Técnicamente, lo he cogido prestado. Solo se convierte en robo cuando muera. Mientras haya la posibilidad de que lo devuelva en algún momento, ¿cómo puedes decir que sea robo?

—¿Tienes pensado devolver las cosas que coges?

Meditó la respuesta.

—No, la verdad es que no.

—En ese caso, es robar. Por cierto, ¿qué has «cogido prestado» hoy?

Levantó un pequeño llavero con forma de guante de cocina.

—Lo vi en tus llaves y me gustó.

Intenté coger el llavero, pero él apartó la mano y lo mantuvo lejos de mi alcance.

—¿Se te ha pasado por la cabeza que a mí también me gustaba? ¿Que a lo mejor no quiero que lo cojas prestado?

Me lo ofreció.

—Puedes recuperarlo si lo quieres, pero tengo que hacerte una advertencia: nunca devuelvo nada. En cuanto lo cojas, dejarás atrás la categoría de «una persona cualquiera».

Le quité el llavero de la mano.

—Llámame loca, pero correré ese riesgo.

Sonrió.

—Sí. Eres la persona más loca que he conocido. Una imprudente de manual.

—Cierra el pico. —Fui incapaz de decirlo sin sonreír, pero me di la vuelta antes de que él se diera cuenta.

Poco a poco… Vale, de acuerdo, a pasos agigantados en realidad, empezaba a preguntarme si echaría mucho de menos a William si las cosas entre nosotros no salían bien. Era la inyección de vida por la que había estado suspirando, y desde que había entrado en mi vida, casi no había pensado en Nathan. Por una vez, parecía que las cosas marchaban, como si Nathan hubiera captado la indirecta por fin.

Salí corriendo del despacho y vi que ya había más de diez personas haciendo cola mientras Ryan les cobraba y metía *bagels* y Bolitas Dicharacheras en bolsas. Candace se las estaba apañando bastante bien para encontrar todo lo que Ryan le pedía casi a voz en grito.

Los dos me miraron de arriba abajo cuando me vieron aparecer.

—Colorada, pero sigue siendo virgen, diría yo —comentó Candace.

—Sí, estoy contigo.

—¿Os importaría concentraros en los clientes? —les pregunté entre dientes, aunque era evidente que los clientes se estaban enterando de todo.

—Oye —protestó Candace, que parecía ofendida—, que somos nosotros los que nos hemos estado partiendo el lomo mientras tú jugabas a los médicos con el macizo que tienes en el despacho.

La fulminé con la mirada, aunque no podía discutir con ella, algo que resultaba muy frustrante. Me puse manos a la obra y me zambullí en el ritmo del trabajo. Amasé y horneé en los ratos libres que me dejaba reponer el género y embolsar los pedidos. Intenté no mirar la multitud, que crecía por momentos, y desde luego que intenté pasar de las caras impacientes mientras nos enfrentábamos a una avalancha para la que no estábamos preparados.

Solo rezaba para que les gustara la comida lo suficiente y repitieran. Con una décima parte de los clientes que habían aparecido hoy, tendría dinero de sobra para empezar a invertir en la pastelería y en la expansión, si el dueño del local no me obligaba a marcharme, claro. No me había ganado el puesto de inquilina preferida al atrasarme una y otra vez con el alquiler de la pastelería. Era una idea abrumadora, y debía desentenderme de ella si quería concentrarme y sobrevivir a la marabunta.

No estaba segura de cuánto tiempo pasó desde que le dije a William que se quedara quietecito, pero sabía que no había pasado demasiado. Salió del despacho con una sonrisa confiada.

—¿Ya estás dispuesta a admitir que necesitas mi ayuda? —me preguntó.

Cerré la puerta de un horno con la cadera, me di la vuelta con una bandeja de galletas recién hechas en las manos y la dejé en la mesa.

—Ayúdame no estorbando.

Él hizo una pedorreta a modo de respuesta.

—Vale, no te suplicaré. Te lo creas o no, estuve trabajando detrás de una caja registradora durante unos años, en el instituto. Deja que Ryan te ayude aquí en el obrador mientras yo me ocupo del mostrador.

Esperé a ver si sonreía o decía que estaba bromeando, pero, la verdad, estaba serio.

—Vale... Pero observa a Ryan mientras atiende unos cuantos pedidos para ver cómo funciona el sistema. Es muy intuitivo. Si te piden galletas, pulsas la pestaña de las galletas y seleccionas la que quieren del listado. Cosas así.

—Que sí, que sí. Seguro que soy capaz de entenderlo.

—Ah, e intenta que la gente te dé su dirección de correo electrónico si puedes. Si conseguimos sus direcciones de correo electrónico, podremos mandarles un cupón y, con un poco de suerte, volverán después de hoy.

Me miró con cara de pocos amigos.

—A nadie le gusta dar su dirección de correo electrónico al pagar.

—Finge que la robas.

—Mmm. Vale, me parece bien.

Se alejó y se apoyó en el mostrador, junto a Ryan, unos quince segundos antes de mandarlo para que me ayudara. No dejaba de pensar que oiría alguna clase de conmoción o de jaleo procedente del mostrador, pero solo vi a William engatusando a los compradores como si fuera una especie de prodigio de atención al cliente. Los tenía a todos sonriendo y mirándolo embobados, a todos, desde ancianos a niñas. De no estar chorreando de sudor y con la sensación de que estaba a media hora de quedarme sin existencias y de tener que poner el cartel de cerrado en la puerta, me habría tomado un segundo para sentirme celosa. En cambio, agradecía enormemente que estuviera siendo tan útil.

Al final, las existencias nos duraron una hora más. La cola de clientes era interminable, incluso después de colocar un cartel en la puerta pidiendo disculpas y prometiendo que al día siguiente habría más.

Cuando por fin cerré la puerta, tenía la sensación de que había estado en mitad de una guerra.

—En fin, le doy matrícula de honor a Galleon Enterprises en campañas publicitarias. La leche —dije.

William hizo una leve reverencia.

—Me alegro de que haya funcionado.

Candace se sacudió las manos.

—Ha estado bien. A lo mejor debería dejar el trabajo en *Mundo empresarial* y venir a trabajar para ti. Quién sabe, igual dentro de unos años estoy dirigiendo este sitio.

La miré, desconcertada.

—A menos que planees una absorción hostil, no es muy probable.

Ella se encogió de hombros.

—Cuídate las espaldas. César no se esperaba lo de Bruto, ¿no?

—*Et tu*, Candace? —le pregunté—. Necesitarías a Ryan para destronarme, y me es totalmente leal. No me das miedo.

Ryan se cruzó de brazos.

—Lo prometo por mi honor de Boy Scout y tal. Lo siento, Candace.

—¿Fuiste Boy Scout? —le preguntó William. Me di cuenta de que le costaba mucho aguantar la risa.

Ryan levantó las manos.

—¿Qué le pasa a todo el mundo que cree que solo puedo decir eso si fui Boy Scout?

William se levantó con un suspiro.

—En fin, niños, por más divertido que haya sido todo, mi hermano me ha llamado como quince veces a estas alturas. Normalmente para a la décimo cuarta si no es importante, así que será mejor que me vaya y ponga en marcha la segunda fase de mi plan para El Repostero Dicharachero.

—¡No! —gritamos Ryan y yo a la vez.

—Que era coña. Pero a ti te veo esta noche, Cereza. Ponte lo mismo de anoche. —Se besó los dedos en una mala imitación del gesto italiano—. *Magnifico* —pronunció a la italiana—. De verdad. Ah, y he puesto las tarjetas con las direcciones de correo electrónico a la derecha de la caja registradora. Los números de teléfono están a la izquierda.

—No te dije que pidieras números de teléfono.

—No los he pedido. Ah, y no vamos a cenar en mi casa. Va a ser una cita.

—William —dije al tiempo que meneaba la cabeza—. Me halagas, pero vamos a ceñirnos al plan, ¿quieres?

Se lo pensó un segundo y luego asintió con la cabeza.

—Claro. Nos ceñiremos al plan. Te veo esta noche.

Lo vi marcharse mientras me preguntaba por qué lo había dejado pasar sin rechistar. Supongo que a una parte de mí le preocupaba empezar una relación mientras mi vida estaba al borde del colapso económico. De todas formas, no estaba segura de cuánto tiempo me frenaría ese detalle a la hora de permitir que William llevara las cosas más allá.

Salí del banco con un nudo enorme en el estómago. Me había aferrado al rayito de esperanza de que me darían el visto bueno pese a mi nula capacidad de crédito; pero, claro, rechazaron mi solicitud para un préstamo. Ni siquiera habían fingido comprobar el papeleo y decirme que ya me llamarían. La mujer me miró con una sonrisa tensa cuando sacó mi expediente, habló con su supervisor y luego procedió a informarme sin pérdida de tiempo de que no me concederían el préstamo. Así de simple.

Salí a la calle, donde ya anochecía. Tenía una hora antes de ir a casa de William, y esperaba disponer del tiempo suficiente para darme una ducha rápida. Casi me di de bruces con un hombre que estaba justo delante del banco. Darse de bruces con alguien en una calle neoyorquina no era una novedad, de modo que me disculpé e intenté seguir andando.

El hombre me cogió del brazo y me obligó a darme la vuelta.

—Disculpe —dije—, ha sido un día muy largo, no era mi intención…

—Tú eres la que ha estado husmeando la cartera de William Chamberson. La que tiene una pastelería —dijo con retintín. Consiguió imprimirle tanto desdén a la palabra «pastelería» como era humanamente posible. Parecía rondar los cincuenta, tenía pinta de arrogante y llevaba ropa cara. La mujer que estaba detrás llevaba un vestido de firma, un collar caro y unos cuantos kilos de maquillaje encima. No estaba segura del todo, pero habría jurado que no los había visto en la vida.

—No estoy husmeando nada. Y sí. Tengo una pastelería. Algo de lo que estoy orgullosa, por cierto. Así que, si no le importa…

—Nos importa. —El hombre se me plantó delante para evitar que me alejara.

Estaba en mitad de Nueva York, con cientos de personas que pasaban por nuestro lado a cada segundo, pero me sentí amenazada. Nunca se me olvidaría la historia de una mujer a la que habían apuñalado a plena luz del día delante de un enorme edificio de apartamentos. Lo aprendimos en la clase de psicología del instituto, cuando nuestro profesor quiso enseñarnos lo que era el efecto del espectador. Como unas catorce personas presenciaron el apuñalamiento y vieron a la mujer tirada en la calle, desangrándose durante horas, pero ni una sola llamó a la policía. Nadie llamó, porque todos supusieron que ya había llamado otro. La mujer acabó muriendo porque su asesino volvió para rematarla… ¡tres horas más tarde! Así que, a ver, sí, nunca volví a sentirme segura en lugares llenos de gente después de aquello. Al parecer, la naturaleza humana suponía sin más que otra persona ayudaría. De hecho, en el mundo actual, la gente seguramente se limitaría a sacar el móvil y grabarlo todo.

—Llevo un bote de gas pimienta en el bolso —le dije. Me aseguraba de llevarlo siempre conmigo después de que Nathan me demostrara lo capullo que podía ser.

—Enhorabuena —repuso el hombre—, pero no he venido para asaltarte. Solo quiero asegurarme de que recibes el mensaje alto y claro.

—¿De qué mensaje se trata?

—Aléjate del señor Chamberson. Sería beneficioso para todos los implicados si lo hicieras.

Crucé los brazos por delante del pecho. En ese momento, me di cuenta de algo al captar cierto parecido en su cara.

—¿El señor Chamberson? Está hablando de su hijo, ¿verdad? Tiene sus mismos ojos.

El hombre cambió de postura, incómodo por primera vez. La mujer le dio un tirón del brazo, como si quisiera irse una vez que los había descubierto, pero él se zafó de sus manos.

—Lo soy. Y tú no eres lo bastante buena para mi hijo. Lo mires por donde lo mires.

Apreté los dientes mientras me preguntaba si me sentiría bien tras abofetearlo.

—Debo de haberme perdido la parte en la que me conoce lo bastante como para decir algo así. Por cierto, ¿de verdad ha estado esperando a que saliera del trabajo y me ha seguido hasta aquí? A lo mejor debería llamar a la policía y decirles que me ha estado acosando.

—Menos humos, daba la casualidad de que pasábamos por aquí. Una mera coincidencia, que no va en contra de la ley. Además, no nos hace falta conocerte en absoluto. Nuestro hijo ya ha encontrado a la mujer perfecta para él. No necesita a una buscona como tú que quiere quitárselo.

Me quedé boquiabierta. De verdad que no podía creerme que estuviera manteniendo esa conversación.

—Por más tentadora que sea la idea de quedarme aquí y mantener esta conversación inútil con usted, me marcho. Por cierto, ¿sabe una cosa? Dentro de menos de una hora estaré en el apartamento de William. Vamos a pasárnoslo muy bien, y usted no puede hacer nada para impedirlo. Que disfrute de la noche.

No había dado ni dos pasos cuando oí que el señor Chamberson alzaba la voz para que lo oyera por encima del tráfico.

—Pues me pregunto qué pensará William de tus problemas económicos.

—¿Cómo? —le pregunté al tiempo que me daba la vuelta—. Si con eso pretende chantajearme, menudo chasco se va a llevar. Nunca… —Estaba a punto de decir que nunca se me había pasado por la cabeza que el dinero de William podría solucionar todos mis problemas, pero no era del todo verdad. No estaba ciega. Pero tampoco quería una limosna ni coger el camino más fácil. Quería tener éxito por mis propios méritos, y que William me diera un cheque no me lo proporcionaría. Incluso aceptar su propuesta del plan publicitario había estirado mis principios, pero tenía que hacer algo, lo que fuera, y esa era la única excepción que pensaba hacer.

—Nunca le he pedido dinero a William y tampoco pienso pedírselo.

—Claro que no. Eres demasiado ladina para eso. Esperarás a que esté más involucrado contigo, ¿verdad? Tal vez cuando empecéis a hablar de compromiso. Seguro que intentarás convencerlo de que no necesita un acuerdo prematrimonial, ¿a que sí?

Meneé la cabeza.

—A ver si lo adivino: William no tiene ni idea de que están los dos aquí manteniendo esta conversación conmigo, ¿verdad?

—Da igual si William lo sabe o no. Somos sus padres y queremos lo mejor para él. Esto te viene muy grande, niña. Como jodas a nuestro hijo, te joderemos a ti. Es así de sencillo.

Dio media vuelta y se alejó a grandes zancadas, mientras su esposa lo seguía.

8

William

*M*e sacudí las manos y miré la monstruosidad que había creado para Gremlin en mitad de mi casa. Básicamente, era una torre de cajas de cartón que había recortado para permitirle ir de habitación en habitación. Usé los trozos sobrantes para hacer rampas por las que pudiera subir a la planta alta si quería y después lo uní todo con cinta adhesiva. Era una maravilla de la ingeniería humana y la tonta de las narices se negaba a entrar.

—Prueba a ver si te gusta —le dije.

Ella se limitó a seguir sentada en el sofá con el lacito rosa que la peluquera canina le había puesto en la cabeza y a mirarme como si yo fuera idiota.

Me puse a cuatro patas y metí la cabeza por una de las aberturas.

—¿Ves? Puedes entrar y después puedes subir a lo más alto. Será la leche, ya verás.

Gremlin apoyó la cabeza sobre las patas sin dejar de mirarme, pero se negó a moverse.

Suspiré.

—Vale. Que sepas que luego iré a comprarme un gato. A lo mejor entonces te arrepientes de no haber colaborado un poco más, ¿eh?

Como siempre, Gremlin pasó de mí, así que me fui en busca del móvil. Caí en la cuenta de que todavía no le había dado a Hailey mi número privado, pero me gustaba que fuera así. Era como un romance a la antigua usanza. Tenía que ir a la pastelería para hablar con ella, y me gustaba tener una excusa para poder hacerlo. Solo tenía un mensaje de texto y era de Zoey Parker. Contuve un gemido de irritación.

> ZOEY (18.24): Deberíamos hablar. He descubierto algunas cosillas de tu novia que a lo mejor te interesa saber. Ya se las he pasado a tus padres. Hazme caso, no es lo que aparenta.

Solté el móvil mientras meneaba la cabeza. En serio, qué triste. Zoey me pareció bien al principio, pero no tardé mucho en captar que estaba como un cencerro. Memorizaba hasta los detalles más insignificantes de una conversación y sabía cosas sobre mí que yo nunca le había contado, seguramente porque me acosaba en las redes sociales o porque buscaba todos los artículos que se hubieran escrito sobre mí. Me parecía más una fan que una novia, y sería la última mujer de la tierra en la que pensaría como novia. Después de cortar con ella, pasé a la fase de mi vida de cero compromisos y desde entonces no había mirado atrás. Al menos, hasta que conocí a mi repostera.

Hailey llegó a la hora convenida. Parecía cabreada y esa actitud le sentaba bien, la verdad. Claro, que no imaginaba que pudiera estar fea de ninguna de las maneras: cabreada, contenta, colada por mí…

—Qué bien —dije—. Te has duchado.

El comentario le sentó mal.

—¿Qué se supone que significa eso?

—Voy a llevarte a una fiesta y se supone que tú vas de complemento.

—Esto… creía que había quedado claro que quiero mantener esto en el ámbito profesional.

—Y lo haremos. Serás un complemento profesional. Solo lo mejor para mí. Y solo te tiraré los tejos si tú me das permiso.

Parte de la furia desapareció de su cara mientras esbozaba una sonrisilla.

—¿Lo de ser tan pesado te funciona?

—Depende. ¿Eso es un sí?

Hailey suspiró.

—Sí. Hoy he tenido un día de locos y a lo mejor ir a una fiesta es divertido. Pero no estoy arreglada para ir de fiesta.

Gremlin levantó la cabeza al oír la voz de Hailey. Estaba sentada en el sofá, acurrucada sobre una manta. Jamás lo admitiría, pero empezaba a encariñarme con ella. La noche anterior vimos una reposición de *Seinfield* mientras yo le acariciaba la barriga.

—Yo me encargo de la ropa.

Hailey cruzó los brazos por delante del pecho y me miró con cierto recelo. Parecía estar a punto de decir algo, pero acabó lamiéndose los labios y meneando la cabeza.

—¿Debería asustarme?

—Solo si te da miedo parecerte a una superdiosa del sexo. —La dejé junto al ascensor mientras iba a por la caja. Poco más de una hora antes le había ordenado a mi asistente personal que comprara el vestido más caro y más provocativo que pudiera encontrar, y estaba deseando ver la cara de Hailey.

Abrí la caja y lo levanté por los hombros. Era de una tela con mucha caída, drapeado y con diamantes diminutos incrustados en las intersecciones. Intenté no soltar la carcajada mientras Hailey lo miraba con los ojos abiertos de par en par por el pánico.

—No quiero parecer una desagradecida ni nada de eso, pero...

—Me estoy quedando contigo —la interrumpí con una carcajada—. A ver, está claro que algún día te pondrás este vestido solo para mí, pero ya nos preocuparemos de eso en su momento. El verdadero vestido para esta noche está por aquí.

—¿Qué narices es eso? —preguntó cuando vio lo que le había construido a Gremlin.

—Eso es la torre perruna que le he construido con mucho cariño a la ingrata de mi perra.

—Los perros no usan estas cosas. Los gatos sí.

—O a lo mejor es que la gente no construye torres para los perros y les quita toda la diversión a los pobres.

—Ya —soltó Hailey con una carcajada—. Seguro que es eso.

Le tendí la mano a Hailey para ayudarla a bajarse de la limusina, pero hasta ahí llegó mi caballerosidad. Le clavé los ojos en el canalillo y en la suave piel de las piernas mientras bajaba del vehículo y se colocaba a mi lado.

—Estás de coña —susurró ella.

—¿Por qué? ¿Te mareas en el agua?

—No… es que pensaba que lo de las fiestas en los yates era cosa de las películas.

Sonreí.

—Los ricos malgastan gran parte de su tiempo y de su dinero ideando gilipolleces para entretenerse, sobre todo si de esa manera los demás piensan que son especiales.

—Lo dices como si tú no fueras uno de esos «ricos».

Me encogí de hombros. Le pasé un brazo por la cintura y la insté a echar a andar por el muelle, al igual que hacían unas cuantas parejas más, que caminaban en dirección al yate más grande del embarcadero.

—No siempre fui rico. Eso me coloca en una categoría distinta, por lo menos desde el punto de vista de los ricos.

—¿La distinción esa entre viejos ricos y nuevos ricos?

—Ajá. Yo tuve que ganarme el dinero con el sudor de la frente, trabajando, así que no formo parte de ese linaje supuestamente noble al que ellos creen pertenecer.

—No te ofendas, pero me cuesta trabajo imaginarte trabajando para ganar dinero.

Me reí.

—No me ofendo. Lo creas o no, me partí los cuernos igual que mi hermano cuando empezamos. Últimamente me siento un poco como un león enjaulado. Ya no siento la emoción de la caza. Bruce es distinto. A él nunca le importó la caza ni la emoción. Le divierte el proceso en sí. Los detalles.

—¿Natasha también es así?

—¡Ja! Qué va. Pero Natasha es justo lo que él necesita. Atrae el caos como si fuera un imán. La verdad es que ha hecho que Bruce sea más soportable, así que tiene mi aprobación.

—¿Eso es un rasgo de los Chamberson? ¿Buscar mujeres que sean sus polos opuestos?

—Mmm... no sé si nosotros somos polos opuestos o no. Supongo que tendría que hacerte un cuestionario.

Ella sonrió.

—¿Un cuestionario?

Llegamos a la larga pasarela de acceso al yate, y Hailey se acercó un poco más a mí cuando empezamos a caminar sobre el agua para embarcar.

—A ver —dije al tiempo que me daba unos golpecitos en la barbilla—. ¿Crees que alguien piensa que la gente compra los bastoncillos de algodón para otra cosa que no sea limpiarse los oídos?

—¿Cómo dices?

—Mira las advertencias de la caja algún día. Te dicen específicamente que no los uses para limpiarte los oídos. Al parecer, son para limpiar teclados, quitarte el maquillaje o frotarles la cara a los bebés... esto último todavía no acabo de entenderlo.

—En ese caso, supongo que soy una rebelde. Yo sí me limpio los oídos con bastoncillos de algodón. ¡Y me gusta!

Me dirigió una mirada rebelde, y tal vez fuera lo más sensual que había visto en la vida. Carraspeé, me guardé esa imagen en el cerebro, y saludé al vigilante de seguridad que nos dio acceso al yate.

El interior era como estar en un crucero de superlujo. Las paredes eran de madera pulida. El suelo, de mármol. Los camareros y las camareras, que lucían esmoquin y vestidos de fiesta, caminaban entre los invitados ofreciéndoles aperitivos y bebidas. Debía de haber varios cientos de invitados solo en la zona del vestíbulo. Dos escalinatas de caracol ascendían hacia las cubiertas superiores, que eran un laberinto de estancias: salones, bares, una bolera, una piscina interior y, por supuesto, la piscina de la cubierta principal.

—¡Ostras! —exclamó Hailey—. ¿Esto es tuyo?

—Qué va. He comprado muchas gilipolleces, pero nunca un yate. El dueño de este es un magnate inmobiliario. También es el dueño de un equipo de la Liga Nacional de Fútbol, ese tipo de tío, ya me entiendes. —Caminé con ella hasta el otro extremo de la estancia, donde no tendríamos que movernos cada vez que llegara más gente.

—¿Y sois amigos?

—Bueno, la verdad es que no. En realidad, estoy aquí porque los vigilantes de seguridad son incapaces de distinguirme de Bruce.

—Espera, ¿cómo? ¿No estamos invitados?

—Tranquila. No pasa nada. Bruce y Natasha tendrán algunas dificultades para entrar cuando lleguen, pero no va a llegar la sangre al río ni nada de eso. El anfitrión no me ha prohibido la entrada en ningún momento. En realidad, no se ha molestado en preguntarme si quería venir, que es distinto.

Hailey se apartó de mi brazo, que hasta ese momento seguía alrededor de su cintura y yo tan contento que estaba, y me miró echando chispas por los ojos como si fuera un bichito monísimo y cabreado.

—¿Qué le has hecho?

—Venga ya. ¿Quién ha dicho que yo sea el culpable?

—Lo poco que sé de ti me lleva a pensarlo.

—Me limité a tomar prestado uno de sus botes salvavidas la última vez que asistí a una de sus fiestas.

Ella entrecerró los ojos y esperó.

—La cola para salir era larguísima y tenía que ir al baño con urgencia. Supuse que así sería más rápido. Tampoco es que tuviera intención de atar el bote al coche y llevármelo a casa. Lo dejé donde pudiera encontrarlo.

—Lo tuyo es increíble.

—Gracias.

—No ha sido un halago.

—Pues me lo ha parecido.

—En ese caso, es porque te has hecho daño en los oídos con los bastoncillos de algodón.

Reí entre dientes.

—No te he dicho cuál es mi postura al respecto de la controversia de los bastoncillos. A lo mejor me gusta la cera y me siento orgulloso de no limpiarla.

Hailey intentaba mantenerse enfadada conmigo, era evidente, pero el temblor de los labios, que apenas si podían contener la sonrisa, la delataba.

—No me pareces de los que llevan cera en los oídos.

—¿Cómo lo sabes desde ahí abajo?

—¿Ahora recurrimos a los chistes de bajos? ¿Hemos llegado a la parte de la conversación donde volvemos al instituto?

—Todavía sigues en el instituto en lo que a experiencia sexual se refiere, así que he pensado que sería apropiado.

—¡Ostras! —Meneó la cabeza, pero sonrió de todas formas—. ¿Sabes nadar? Porque si no, que sepas que pienso arrojarte por la borda a la primera ocasión que se me presente.

—Homicidio premeditado. Sabía que serías así.

—Algo me hace pensar que no soy la primera persona que te ha amenazado de muerte. Seguramente ni siquiera soy la primera persona que te ha amenazado hoy.

—Lo creas o no, casi todos me encuentran simpático. Las amenazas de muerte no son algo habitual en mi día a día.

—En ese caso, es que a mí me tratas de forma distinta.

—De forma especial —convine—. Incluso estoy dispuesto a admitir que esto es una cita.

—¿No es ese un tema en el que ambos debemos estar de acuerdo?

—No. No recuerdo que me haga falta tu permiso para llamar a esto por lo que es. Llevas un vestido que yo te he comprado, y estás divina, por cierto. Estamos en una fiesta de lujo en un yate. Alguien está tocando el piano. Y espero echar un polvo al final de todo esto. Eso es una cita, lo quieras o no.

Me miró con una sonrisa torcida y vi cómo se ponía colorada. Pensé que iba a decir algo sensual, pero el brillo travieso de sus ojos acabó convirtiéndose en una mirada de preocupación.

—Llevo un tiempo queriendo preguntarte… Hay una chica, una tal Zoey. Se acercó a mí en la fiesta de máscaras y…

—Y te dijo un montón de tonterías —la interrumpí. Me hervía la sangre al pensar que Zoey hubiera molestado a Hailey. Una cosa era que intentara hacerlo conmigo, y por extensión, que mis padres lo intentaran también. Pero ¿en el caso de Hailey? Se había pasado de la raya, y si querían saber lo rapidito que podía cortarles el rollo, solo tenían que interponerse entre Hailey y yo—. Fue un error. La típica ex que está como una cabra. Seguramente juega en el mismo equipo que el gilipollas ese de tu exnovio, Nathan.

—Por favor —protestó ella, que levantó una mano—. No es mío. Puaj. —Hizo un gesto, como si tuviera náuseas—. Pero Zoey hablaba como si tuvieras una lista enorme de exnovias y aplicaras una serie de trucos de seducción con todas ellas. He intentado restarle importancia, pero supongo que quería comentártelo porque no paro de darle vueltas desde entonces.

—Es mentira, la verdad. Bueno, casi todo. Sí que es cierto que he estado con otras mujeres, pero llamarlas novias… —Carraspeé. No quería asustarla al decirle que solo las había usado para echarles unos cuantos polvos y olvidarlas después, pero esa era la verdad—. A ver. Lo admito. No me he portado bien, pero no soy un mentiroso. No hago falsas promesas, ni dejo a la gente colgada. Todas las mujeres con las que he estado sabían perfectamente lo que yo quería y lo que podían esperar. Así de sencillo.

—Te creo —dijo ella, que asintió despacio con la cabeza—. De verdad que sí.

—Joder. Pues pareces hasta sorprendida de pensar así.

Se rio con delicadeza.

—¿Puedo serte sincera?

—Por favor.

—Me estoy quedando sin razones para rechazarte.

Di un paso hacia ella. Quería tocarla. Ponerle el pulgar en la mejilla o acercarla a mí, pero irradiaba un aura de fragilidad que me hacía pensar que una caricia equivocada podía hacer que saliera corriendo y desapareciera para siempre de mi vida. Parecía una chica dura y era capaz de replicar a mis pullas como una campeona, pero estaba segurísimo de que, detrás de ese sarcasmo y de esa lengua viperina, había una chica asustada. Esa era la parte que debía cuidarme de no herir, así que mantuve las manos quietecitas y sonreí.

—Espero que eso incluya también las razones para tirarme por la borda, porque nadar se me da fatal.

Nos dirigimos a la cubierta superior, donde descubrimos un bar muy elegante cerca de la piscina, en la que flotaban y reían unas cuantas tías buenas de atrezo, algo que no me sorprendía.

—No me has dicho que trajera bañador —me dijo.

—Nadie se baña en estas fiestas. El anfitrión contrata modelos para que se paseen entre los invitados y luzcan palmito. Algunas siempre acaban en la piscina.

—Estás de coña, ¿verdad?

—Ojalá. Los ricos se quedan sin ideas sobre las cosas en las que pueden gastarse el dinero. Al final, se convierte en un diálogo de besugos. Cuanto más ridículo y excesivo sea el gasto, más rico debes de ser.

—¿Y tú, qué tipo de rico eres?

—Mmm… —Me acerqué a la borda y me apoyé en la barandilla. El agua parecía cristalina y tranquila, pero oscura a la luz de la luna—. No voy a fingir que soy mejor que toda esta gente. Yo también me gasto el dinero en gilipolleces.

Ella se colocó a mi lado.

—¿Cuál ha sido el gasto más tonto que has hecho?

Me reí brevemente, mientras rememoraba los recuerdos de mi estupidez.

—Hice que una grúa se llevara uno de los coches de Bruce

y lo sustituí con un modelo idéntico, no sin antes haberle ordenado a un mecánico que tocara un par de cosillas que sabía que acabarían desquiciándolo. Los limpiaparabrisas solo funcionaban a la máxima velocidad. Colocó una marcha neutra en la palanca de cambios. Cambió las posiciones del indicador de combustible y del cuentakilómetros. Minucias.

—¿Debería preguntar por qué?

Sonreí.

—Bruce es mi hermano pequeño y detestaba ver lo estirado que se estaba poniendo. Su ex lo puteó a lo bestia y su trastorno obsesivo compulsivo se estaba descontrolando. En una ocasión, vi que un tratamiento para las fobias consiste en enfrentar los miedos. Si tienes miedo de las serpientes, te hacen que toques a una, ese tipo de cosas. Así que pensé que a lo mejor si le fastidiaba lo suficiente su perfecta rutina diaria, se daría cuenta de que no la necesitaba.

—Qué mono eres.

—Qué va. ¿Quieres ver algo mono de verdad? Ven.

La cogí de la mano y la guie por la cubierta. Al final llegamos a la zona donde se alineaban los botes salvavidas en un lateral del yate, a los que se accedía a través de unas portezuelas.

—Vamos —dije al tiempo que le hacía un gesto para que me siguiera al interior de uno de los pequeños botes hinchables con motor.

—¿No tuviste problemas por llevarte uno de estos la última vez? —me preguntó ella, que se resistía a pasar al interior del bote.

—Más o menos, pero entra para verlo. Es la leche.

Ella frunció el ceño, pero entró.

—No me parece nada del otro mund...

Cerré la puerta y tiré del mecanismo que soltaba el bote salvavidas, que cayó de repente y se detuvo, ya que la cuerda que lo sujetaba estaba anclada a una polea y había que hacer el resto a mano. Mientras accionaba la polea para llegar al agua, Hailey me miraba con los ojos como platos.

—¿Qué estás haciendo? —me preguntó cuando llegamos al

agua. Los sonidos de la fiesta parecían distantes y habían sido reemplazados por el chapoteo del agua al golpear contra el bote.

—Tomando prestado un bote salvavidas.

Los ojos estuvieron a punto de salírsele de las órbitas, como si esperase una explicación más larga.

—¿Porque es divertido? —añadí por si colaba.

—Convertirse en un delincuente no es divertido. ¿Y si nos pillan? ¿Cómo se supone que vamos a volver ahí arriba?

—Tranquila, señoría. Se supone que no vamos a volver al yate. El fin de un bote salvavidas es el de alejarte del yate. De verdad, las cosas que tengo que explicarte a veces, ¿eh?

Ella me miró, cabreada.

—Creo que el fin de un bote salvavidas también es el de usarlo cuando necesites abandonar el yate.

—Y eso hemos hecho. He visto que llegaban Bruce y Natasha. Mi hermano se habría un pillado un rebote si nos hubiera visto, así que era mejor tener la fiesta en paz.

—¿Obligándome a participar en un acto delictivo?

Fingí que soltaba un ronquido.

—Cuando llegue el FBI, te echaré un capote. ¿Contenta?

Cruzó los brazos por delante del pecho.

—No, porque no te entiendo. Tienes el mundo al alcance de la mano y haces este tipo de cosas. No tiene sentido.

Señalé el agua que nos rodeaba y el cielo, que no estaba precisamente cuajado de estrellas porque la ciudad de Nueva York y sus luces ocultaban cualquier otra fuente de luz salvo el sol y la luna.

—No sé qué decirte. Creo que se está bastante bien aquí.

Hizo un gesto con un brazo mientras echaba un vistazo a su alrededor.

—No me refiero solo al bote. Me refiero a lo que estás haciendo conmigo, que no sé lo que es. Tu vida está llena de supermodelos, elegancia y glamour. No acabo de entender para qué necesitas a una repostera aburrida como yo, me parece una locura.

—No es una locura, no —le aseguré mientras arrancaba el

motor para alejarnos del yate. Vi las cabezas de unos cuantos curiosos que nos señalaron tras asomarse por la borda, a unos tres metros por encima de nosotros—. Pero —añadí, intentando hacerme oír por encima del ruido del motor—, si conocieras a esta gente como la conozco yo, sabrías exactamente por qué me gustas.

Ella guardó silencio un instante y después replicó:

—¿Ves? Cuando dices cosas como esa, ¿es de verdad? ¿O forma parte de tu... estilo?

Apagué el motor un instante y dejé que el bote fuera a la deriva un momento. Estábamos frente a la costa, y la vista de la ciudad era increíble.

—¿Mi estilo?

—Parece que no te tomas nada en serio. No sé si lo que me dices es en serio o si para ti todo es un juego.

—Eso no es verdad. Sí que te tomo en serio. Te lo aseguro.

Ella se mordió el labio. Estaba preciosa. No tenía la perfección de las modelos. Sus ojos eran grandes, pero estaban más separados de lo que se consideraba ideal, y tenía las paletas un poco más largas que el resto de los dientes superiores, pero me gustaba el efecto. Hailey no era consciente de lo mucho que había para apreciar en sus pequeños defectos e imperfecciones. La vida no consistía en buscar la perfección, sino en encontrar tu lugar y tu camino. No quería una mujer que fuera el ideal de todo el mundo. Quería una mujer que fuera mi ideal, y la había encontrado.

—¿Sabes qué otra cosa me tomo en serio?

—¿El qué? —me preguntó.

—Un dolor de huevos.

Se echó a reír y después frunció el ceño, sin entender.

—Lo siento, ¿se supone que tengo que saber de lo que estás hablando?

Suspiré.

—Qué inocente eres. Un dolor de huevos es lo que pasa cuando crees que vas a echar un polvo y resulta que al final no pasa nada. Duele mucho.

Ella tragó saliva.

—Lo siento. Por tus… huevos.

—Los actos dicen más que las palabras, no sé si me entiendes.

Hailey bajó la vista y sonrió.

—Me preocupa acabar haciendo algo bochornoso contigo. La verdad es que no tengo experiencia con los hombres.

—Ah. Bueno, tampoco es tan distinto de lo que se hace con las mujeres.

Ella me dio un guantazo en un brazo, sin perder la sonrisa.

—Ya sabes a lo que me refiero.

—Sí. Pero no tienes por qué preocuparte. Tú sígueme el rollo. Es imposible que me decepciones si te limitas a ser tú misma.

9

Hailey

*T*enía la sensación de que el pecho se me iba a partir en dos si el corazón me latía más deprisa. Por un lado, estaba sentada en un bote salvavidas robado, con un elegante vestido de noche que me llegaba a los tobillos, y estaba tan sola como se podía estar con otra persona en Nueva York. Las luces de la ciudad relucían a su espalda y dejaba un reflejo brillante en la superficie del agua. Estaba todo en silencio y era perfecto, siempre y cuando pasara por alto el extraño ruido que hacía el plástico bajo nuestros cuerpos cada vez que nos movíamos.

Había hecho mi trabajo al resistirme, más o menos. Había intentado luchar contra lo que sentía por William, aunque solo fuera para asegurarme de que no quería usarme y darme la patada después. Sí, había sido como cuando sueñas que quieres correr, pero tienes la impresión de que tienes las piernas en el agua y no puedes. Resistirme a William había sido tan efectivo como la necesidad de cambiar de canal cuando salían en la tele los anuncios esos tan tristes para donar a asociaciones de animales abandonados o sonaba la canción de Sarah McLachlan, *In the arms of an Angel* de fondo… A ver, que no me apetecía llorar entre rondas de la *Ruleta de la suerte*, por favor.

Estábamos solos, y me había quedado sin excusas. Me había quedado sin motivos para decirle que no, y una vez superada la abrumadora incomodidad que sentía, sabía que lo deseaba.

Asentí casi sin mover la cabeza, mirando a William, que esperaba con paciencia mientras me observaba con esos penetrantes ojos suyos. Estaba para comérselo con el esmoquin, claro que estaba para comérselo con cualquier cosa que llevara puesta. Cuando asentí con la cabeza, se acercó a mí. El bote era un poco inestable, de modo que tuvo que hacerlo de rodillas, pero no pensaba quejarme. La imagen de verlo colocar una mano junto a mi cadera y de avanzar gateando hacia mí no la olvidaría en la vida.

Acercó los labios a los míos, deteniéndose justo antes de que se tocaran. Aspiré su maravilloso olor. Caro y masculino, como de costumbre. Me ardía la piel de los pies a la cabeza mientras la excitación me provocaba un nudo en la boca del estómago que después empezó a descender.

—Normalmente —dijo él al tiempo que deslizaba sus labios hasta mi oreja, donde se quedaron tan cerca que me rozaron la piel al moverse—, la gente empieza besándose. Si es un rollo nada más, a veces ni se besan en la boca —susurró al tiempo que me daba un beso cálido y liviano por debajo de la oreja que me paró el corazón—. Pero si es algo serio, tienes que ir a por los labios.

Volvió a moverse hasta quedar de nuevo cara a cara y, después, cerró los ojos y se inclinó para besarme por primera vez.

Ya había besado a chicos, pero me quedé paralizada como si fuera la primera vez. Ni siquiera me acordé de cerrar los ojos hasta pasados unos segundos. Me quedé allí sentada, con los ojos medio abiertos, con la boca inmóvil y con las manos plantadas a la espalda, sobre la goma del bote. Sentí que el mundo se cerraba a mi alrededor hasta que tuve la impresión de que estábamos envueltos en una burbuja íntima. Incluso fue como si mis oídos se taponaran, como si mi cuerpo estuviera apagando todos los sistemas no vitales y concentrando toda la energía en mis labios.

Por fin cerré los ojos y le devolví el beso. Sus labios eran suaves y juguetones. Me había estado besando despacio, pero después me chupó el labio inferior y lo soltó con un leve ruido. Me mordisqueó los labios y me torturó con la lengua. No se trataba de un beso apasionado de dos adolescentes cachondos en un cine oscuro. Era una exploración. Algo íntimo. Una demostración de personalidades que no había experimentado jamás.

—Los besos —dijo al tiempo que se apartaba lo justo para hablar antes de robarme más besos—… Los besos llevan a las caricias. Si el tío va derecho a por una teta, desde luego que piensa ir hasta el final.

Me deslizó una mano por el costado hasta posarla sobre un pecho. Jadeé contra sus labios. Me ardía el cuerpo allí donde me tocaba, me electrizaba la piel y la mente. Me ardía tanto la cara que me pregunté si sería capaz de sentir el calor que irradiaba contra la suya.

Me acarició el pecho mientras me besaba, y no creo haber sentido algo más erótico en la vida. Cada movimiento de sus manos sobre mi cuerpo afirmaba el deseo que sentía por mí. Sentía lo mucho que él disfrutaba de la experiencia y, segundo a segundo, me di cuenta de que estaba destrozando mi timidez.

—La mayoría de los tíos —continuó él al tiempo que dejaba de besarme de nuevo—… La mayoría de los tíos quiere que empieces a tocarlos a estas alturas. De lo contrario, a muchos les preocuparía la posibilidad de que no quieras hacerlo.

—Sí que quiero —murmuré.

Soltó una carcajada queda y apoyó la frente en la mía.

—Demuéstralo.

Me cogió de la muñeca y me instó a rodearle la espalda con un brazo, colocándome la mano en su culo. Jadeé, sorprendida, y tragué saliva. No me consideraba una experta, pero reconocía la divinidad cuando la tocaba. Su culo era la imagen perfecta a la que todos los culos aspiraban. Era un Ferrari al lado de los Toyota Corolla de la mayoría de los hombres. Le di un apretón de forma involuntaria, y la calidez que había estado sintiendo se extendió por todo mi cuerpo en una llamarada. Como si hubieran activado un interruptor, necesitaba más. Ansiaba más. Lo rodeé con el otro brazo para aferrarme a él con todas mis ganas, pero se me olvidó que me estaba sujetando para mantener el equilibrio. Caí de espaldas y lo tiré sobre mí, ya que lo sujetaba con fuerza del culo, porque no pensaba renunciar a mi tesoro.

Se dejó caer sobre mí con agilidad, sin dejar de besarme.

—Muy bien, Cereza. Tienes un don innato.

—Creo que me las puedo apañar yo sola a partir de ahora —susurré.

Emitió un gruñido que me dejó claro que había dicho lo que necesitaba decir. Deslizó la mano desde mi pecho hasta el muslo. Le solté el culo a regañadientes para intentar desabrocharle el cinturón. Al darse cuenta de lo mucho que me estaba costando, William se soltó la hebilla y, después, se quitó el cinturón. De inmediato, le desabroché el botón y empecé a bajarle la cremallera mientras él me deslizaba los tirantes del vestido por los hombros.

Me quedé sin aliento y me temblaban las manos como si estuviera en mitad de un shock hipotérmico, aunque la noche era muy cálida y agradable.

Me cogió una mano y se la llevó a los labios, besándome las puntas de los dedos. Me miró con esa sonrisa deslumbrante tan suya.

—¿Te hace sentir mejor saber que yo también estoy nervioso?

—Mentiroso —le dije, y la voz me salió temblorosa.

—Ya te he dicho que soy muchas cosas, pero mentiroso no.

Lo miré con el ceño fruncido.

—¿Por qué ibas a estar nervioso?

—Nunca me ha importado lo que pasara después de acostarme con una mujer. Pero esta vez sí me importa.

Me humedecí los labios.

—En fin, aunque lo digas por tranquilizarme, ha funcionado. Así que gracias.

Me volvió a besar las puntas de los dedos.

—Siento si arrastrarte hasta aquí ha sido demasiado —se disculpó al tiempo que señalaba el agua con un gesto de la cabeza—. Quería que tu primera vez fuera inolvidable.

—¿Tan seguro estabas de que iba a sucumbir cuando me tuvieras aquí? —le pregunté.

William asintió con la cabeza.

—Ya te lo dije en la fiesta de máscaras: te tengo calada.

—Pero solo me dijiste las partes malas.

—En fin, esta noche va a ser para las partes buenas. Tus dedos —dijo mientras los besaba—. Tus delicadas muñecas —añadió, besándolas también—. Tu tierno corazón —continuó.

—Esa era mi teta —repliqué con una carcajada.

Me sonrió.

—Calla, que estoy intentando seducirte. No arruines el momento.

—Me sedujiste hace mucho. Creo que cuando me robaste las flores, más o menos.

Rio por lo bajo.

—¿Seguro? Porque parecía que estabas a punto de darme una patada en los huevos.

—A lo mejor solo eran los preliminares.

Arqueó una ceja.

—Pervertida.

Parecía haber terminado con la conversación, porque me enterró la cara entre los pechos y me besó a través del vestido mientras me lo bajaba, dándole tirones con creciente impaciencia. Yo también le di tirones a la ropa, pero el esmoquin era mucho más difícil de quitar que un vestido de noche. Había botones, corbatas, cinturones o cremalleras. Solo conseguí aflojarle un poco la corbata cuando él me quitó el vestido. Estaba totalmente concentrada en quitarle la corbata cuando oí un ligero chapoteo, como si algo entrara en contacto con el agua.

Eché un vistazo a mi alrededor, dejando los dedos quietos, y no vi mi vestido por ninguna parte.

—William… —dije, despacio.

—Ohhh, me pone a mil oírte pronunciar mi nombre así.

—¿Así como si estuviera a punto de matarte? —le pregunté.

—¿Por qué?

—¿Dónde está mi vestido?

—Ah…

Miró a su izquierda, donde la prenda se hundía lentamente.

—Está justo ahí, a punto de alegrarle la noche a alguna pescadilla. Imagínate lo guapa que va a estar, Hailey. Es…

Intenté darle un tortazo, pero me sujetó de la muñeca y me la volvió a besar.

—Siento lo del vestido —me dijo—. Ha sido un accidente. Pero, mira, te compensaré. —Se quitó la camisa y la tiró al agua—. ¿Lo ves? Ahora estamos en el mismo barco. ¡Ja! ¿Lo pillas?

Parecía divino a la luz de la luna. Clavé la vista en su cintura y empecé a subir, devorando cada centímetro de su piel. Empecé por esos abdominales tan definidos y su estrecha cintura. Tenía vello oscuro en el abdomen y en el pecho, que tapaba un poco sus marcados pectorales. No era tan espeso como para dar repelús, pero me gustaba que no se depilara como muchos modelos que había visto en las revistas. Era real. Era masculino, y me moría por recorrer cada centímetro de ese musculoso y viril torso suyo. Cada movimiento de su cuerpo hacía resaltar músculos que ni sabía que existían, desde la tableta de chocolate que tenía por debajo de las costillas hasta esos hombros que parecían esculpidos en piedra, como si dicha piedra hubiera cobrado vida.

Lo fulminé con la mirada.

—¿Si siguieras con el tutorial para novatas, me dirías ahora que los chistes malos son parte esencial de los preliminares?

Asintió con la cabeza y se echó hacia atrás mientras colocaba las manos a cada lado de mi cara. Se metió la mano en un bolsillo de los pantalones y sacó un condón que procedió a enseñarme.

—Deja que te conteste con una pregunta. ¿Qué diferencia hay entre un neumático y trescientos sesenta y cinco condones?

Levanté las cejas y meneé la cabeza despacio.

—Un neumático puede ser un buen año. Lo otro es un año magnífico. Un buen año, un Goodyear… ¿Lo pillas?

Se me escapó la carcajada muy a mi pesar.

—Vamos a hacer un trato. Si no vuelves a contar un chiste, yo no salto por la borda ahora mismo.

—Me parece justo. Pero que sepas que tengo chistes de sobra del mismo estilo.

—Genial. ¿Eso quiere decir que la única manera de que no hables es mantener esa lengua tuya ocupada?

Esbozó una sonrisa torcida.

—Empiezas a pillarlo.

Le di un tironcito del cuello para que se tumbara de nuevo. Me sentía muy rara al mostrarme tan descarada, pero también me dio un subidón de adrenalina. Mi vestido se estaba hundiendo hasta el fondo del puerto, junto con su camisa; estaba a punto de entregarle mi virginidad en un bote salvavidas a un millonario; y todo iba a terminar con una carrera por la orilla, medio desnudos mientras buscábamos un coche con desesperación.

Era la historia que siempre había deseado. La clase de noche que me imaginaba que tendría la gente que pasaba por delante de mi pastelería. Era mi momento de película, y la cabeza me daba vueltas por la felicidad. No sabía si la pastelería podía superar el bache o si Nathan por fin había dejado de acosarme. Pero sabía que había encontrado a alguien que podía hacerme sentir querida, que podía excitarme. Con eso bastaba. No, no solo bastaba. Era perfecto.

Pegó las caderas a las mías, dejando que sintiera el duro bulto de su erección. Jadeé y extendí los brazos para tocarlo. No necesitaba experiencia sexual para tener ese instinto. Sentía una especie de vacío entre las piernas, como un dolor punzante para que me penetrara, y sabía muy bien dónde encontraría alivio.

—Estoy lista —susurré.

—Lo sé —replicó.

—Chulo de mierda —dije con una carcajada, pero se me cortó en seco.

Sentía cómo la presión del momento lo aplastaba todo menos la lujuria, menos el deseo. El momento sexual nos tenía entre sus garras, y sabía que ya no había marcha atrás. En vez de miedo, la idea me llenó de libertad, como una liberación. Estaba todo fuera de mi control. El instinto lo controlaba todo.

Me quitó las bragas y, después, me desabrochó el sujetador con pericia. Menos mal que tuvo más cuidado con mi ropa interior, que dejó a nuestro lado. Se quitó los pantalones con una mano para apoyarse en el otro brazo y seguir besándome allí donde alcanzaba. Se me endurecieron los pezones por la calidez de su boca y las atenciones de su lengua.

De repente, me alegré de no ser un tío, porque creía que me iba a correr sin necesidad de que me tocara entre las piernas. El placer se me había subido a la cabeza y aumentaba por momentos.

—Ahora es cuando descubres por qué los preliminares son lo mejor.

—Creía que ya habíamos pasado de los preliminares —repliqué.

Se rio entre dientes y me miró a los ojos. La pasión abrasadora de su mirada me puso a mil.

—Esto son los preliminares.

Inclinó la cabeza y dejó un reguero de besos por mi esternón, bajando por el ombligo y arrancándome una carcajada al acariciarme esa piel tan sensible. Me quedé sin aliento cuando me besó por debajo de la cintura. Recé en silencio dando gracias por haberme duchado antes de salir de casa y cerré los ojos.

El bote salvavidas se meció debajo de mi cuerpo con el leve movimiento del agua mientras los besos de William descendían cada vez más. Justo cuando creía que iba a llegar a su destino, pasó a besarme la cara interna de los muslos. A ese hombre le encantaba volverme loca, pero no pensaba quejarme, porque cada beso era como un nuevo subidón.

10

William

$\mathcal{L}$e pasé los brazos por debajo de las rodillas y le levanté las piernas. La tenía totalmente expuesta, allí delante, y la muy guarrilla de mi repostera hasta se había depilado para la ocasión. De todas formas, a esas alturas tenía tal calentón que ni una melena a lo afro me habría detenido.

Le besé los muslos mientras me emborrachaba con su olor. ¡Si hasta olía dulce! Nunca la había presionado para que me contara con detalles el porqué de su falta de experiencia sexual así que, que yo supiera, igual podía haber hecho antes lo que estábamos haciendo. Pero era más divertido pensar que no lo había hecho, así que me decanté por esa opción; y si era su primer cunnilingus, quería que fuera una experiencia que no olvidara jamás.

Empecé acariciándole el clítoris con la parte posterior de la lengua y procedí a descender hasta la entrada de la vagina con lo que sabía que era una lentitud exasperante. A juzgar por su estremecimiento, supe que le había provocado un escalofrío. La agarré por el culo para acercármela más al tiempo que la penetraba con la lengua. Ella jadeó. Sabía que estaba tratando de contener los gemidos, así que sería mucho más satisfactorio cuando llegara a un punto en el que no pudiera contenerlos más.

Usé todos los trucos de manual con ella y, después, me saqué de la manga algunos propios. Le di lametones, la besé por todos lados y la penetré con la lengua mientras le acariciaba el clítoris con los dedos. Soplé y, después, alivié la sensación de frialdad con mis besos. Durante todo el proceso, interpreté su lenguaje no verbal tan bien como pude, y catalogué mentalmente qué le gustaba más y qué la volvía loca. Al final, le provoqué su primer orgasmo metiendo tres dedos en esa vagina tan estrecha mientras le acariciaba el clítoris con la lengua. Se tensó a mi alrededor al llegar al clímax y, después, soltó los gemidos más auténticos que había oído en la vida.

Le besé el cuello mientras se estremecía, pero mantuve los dedos en su interior para disfrutar de sus espasmos en torno a ellos mientras el orgasmo se desvanecía.

—¿Quieres que te... ya sabes, que te haga lo mismo? —me preguntó cuando por fin dejó de estremecerse y de jadear en busca de aire.

—Malas noticias. No tengo coño, así que va a ser difícil que me hagas lo mismo.

Ella esbozó una sonrisa lenta y perezosa que me resultó increíblemente sensual.

—Eres insoportable.

—Si ahora mismo me crees insoportable, verás cuando te obligue a decirme piropos para conseguir lo que de verdad deseas.

Ella ladeó la cabeza y me miró con una mezcla de sorna y furia.

—Un momento, ¿lo dices en serio?

—Lo has dicho tú. Soy insoportable. —Le saqué los dedos y se los coloqué encima para recordarle lo mucho que deseaba que me la follara a esas alturas.

—Vale, lo que tú quieras. Eres... no sé. Eres guapísimo.

Negué con la cabeza.

—Muy aburrido. Inténtalo otra vez.

La mirada que me echó fue furiosa al cien por cien, sin rastro de buen humor en ella, pero frunció el ceño y clavó la vista en el cielo.

—Bueno, contigo me siento bien. Como si te contentaras con que sea tal como soy. —Negó con la cabeza y se rio de sí misma—. Ha sonado ridículo al decirlo en voz alta.

—Qué va. De hecho, es una de las cosas por las que me gustas.

—En realidad, no te imagino haciendo algo que no sea ser como eres. Creo que nunca he conocido a nadie que se sienta tan a gusto consigo mismo como tú.

—Te sorprenderías —le dije. La tenía dura como una piedra por el deseo, pero eso era la prueba de lo que sentía por Hailey, porque no tenía prisa. Me gustaba hablar con ella. Me gustaba descubrir cosas sobre ella, desenvolverla. Por extraño que pareciera, incluso me gustaba que quisiera conocerme.

Le pasé los dedos sobre el clítoris y ella soltó un quedo gemido mientras se retorcía debajo de mí. De repente, la paciencia desapareció de mi lista de virtudes. La lujuria y la gula me invadieron, pero en el caso de que no fueran virtudes, decidí que ya no quería ser virtuoso.

—¿Estás preparada? —le pregunté.

Ella levantó las cejas.

—No sé si lo estaré alguna vez.

Hice el ademán de encogerme de hombros y de levantarme.

—Joder y yo pensando que iba a mojar…

Hailey me agarró del brazo y tiró de mí hacia abajo.

—En serio que eres insoportable, ¿lo sabes, verdad?

—Eso me han dicho.

—Estoy preparada —susurró—. Quiero hacerlo.

—Bien. Porque soy como un vampiro, no puedo entrar a menos que me invites. Así que estás jodida.

Hailey soltó una carcajada sorprendida, que silencié al inclinarme para besarle el cuello de tal forma que le cubrí la boca con el hombro. Me clavó los dedos en la espalda. Extendí el brazo para coger el condón y conseguí quitarle el envoltorio y ponérmelo con una sola mano, algo impresionante teniendo en cuenta lo oscuro que estaba.

Podría parecer una crueldad, pero quería torturarla un poco con mi polla antes de metérsela, así que se la puse encima mientras la besaba y empezaba a mover las caderas. Cada movimiento hacía que nos frotáramos, de manera que ambos acabamos lubricados y enloquecidos. El calor y la excitación que irradiaba Hailey prácticamente me suplicaban que la penetrara.

Me encantaba que sus manos parecieran tan pequeñas sobre mi espalda mientras tiraba de mí para que me acercara más a ella. Levantó las caderas al tiempo que se aferraba con fuerza a mí y decidí que no podía esperar más. Me agarré la polla y le metí la punta.

—Qué estrechas eres —dije entre dientes.

—Un túnel te parecería estrecho si intentaras atravesarlo con... —Se mordió el labio y cerró los ojos al sentir otro centímetro más de mi polla en su interior—. Con un tren del tamaño de tu polla —concluyó.

Me detuve, pasmado, y después me eché a reír.

—¿Cómo?

Pese a la oscuridad, vi que estaba colorada.

—Cállate. Ahora mismo no me funciona bien el cerebro.

Sonreí y no pude evitar pensar que me gustaba mucho.

—A lo mejor te duele un poco —le advertí.

—Vale —replicó ella, que seguía con los ojos cerrados.

La penetré un poco más, sorprendido de que pudiera tenerlo tan estrecho. Sentía su pulso en las paredes de la vagina, así que descubrí que el corazón le latía a mil. Otro centímetro y me encontré con una leve resistencia que cedió sin mucho esfuerzo. Oí que Hailey contenía el aliento un instante, pero al cabo de un momento gimió, y eso borró el dolor de su cara.

Adopté un ritmo lento y supe que con ella no iba a durar media hora. Esa noche por lo menos, no. Era maravilloso sentirla así, y llevaba demasiado tiempo esperando.

—Dios. ¿Por qué he esperado tanto para hacerlo? —susurró ella.

Incliné la cabeza para besarle los pezones porque me parecían irresistibles, allí tan erectos y temblando ligeramente con cada uno de mis movimientos. Ella echó la cabeza hacia atrás, con los ojos cerrados, y gimió.

—¿Siempre es tan placentero?

—Solo conmigo —contesté—. Con otros hombres es espantoso. No lo intentes siquiera.

Hailey rio, pero sus carcajadas acabaron en otro gemido.

—Dios mío —susurró.

Me mordí el labio. Normalmente, los condones le robaban al sexo gran parte de la diversión, algo así como envolver un chuletón con una capa de látex antes de llevártelo a la boca. Pero o el deseo me tenía tan mal que todo me daba igual o Hailey tenía un coño mágico que anulaba el efecto del condón, porque tenía la impresión de que mi polla había descubierto una puerta temporal al paraíso, como si allí dentro hubiera un coro de ángeles obrando milagros.

Se la metí hasta el fondo y me detuve para intentar recobrar el aliento.

—Necesito una pausa o me corro.

—No —dijo ella, que me rodeó la cintura con las piernas y empezó a mover las caderas—. Lo quiero ya.

Levanté las cejas y pensé que, en ese momento, acababa de descubrir lo que era sentirse enamorado.

Disfruté del erotismo de su desesperación unos segundos, antes de que la mía me impulsara a hacerme con el control y empezase a moverme como un loco, con los ojos cerrados y los dientes apretados.

Ella soltó un grito y me dio un apretón con las piernas. Sentí que ese coño, ya de por sí estrecho, se cerraba en torno a mí y empezaba a latir al mismo ritmo que lo hacía su corazón. Su orgasmo liquidó los últimos vestigios de resistencia que había en mi interior, y dejé que el mío me arrastrara. Contuve un gemido al experimentar lo que parecía un orgasmo infinito.

Cuando por fin me aparté de ella, me sentía agotado.

—Supongo que habrá algún chiste malo con himen y semen, pero estoy demasiado cansado como para intentar dar con él.

—Así que los chistes malos forman parte de los preliminares y del colofón.

—Nunca he oído hablar del colofón en el tema sexual...

—Claro que sí. Es lo que hacen los tíos cuando descubren el porno por primera vez.

—¿Cómo dic...? ¡Ah! ¡Ostras! Creo que he debido de pasarte parte de mi ADN ahora mismo. Después de esto, creo que entiendo lo difícil que es aguantarme.

—Bien —replicó ella, que rio entre dientes—. Y, ahora, ya hablando en serio, ¿cómo vamos a salir de este bote y a volver a tu casa en ropa interior?

—De la misma manera que lo haríamos vestidos, pero de forma más sigilosa.

Ella suspiró.

—¿No tienes un helicóptero o algo a lo que puedas llamar? ¿O no conoces a alguien que trabaje en los guardacostas y que pueda prestarnos unas mantas?

—Aunque fuera así, de esa manera no te vería andar por ahí en ropa interior durante la próxima media hora, así que no.

—Medio Nueva York va a verme también. ¿No te sientes celoso?

Fruncí el ceño.

—Vale. Me esperarás en el bote mientras yo requiso alguna manta.

—¿Vas a robarla?

—A requisar. Es un término militar para...

—Robar.

—Qué manía tienes con las etiquetas...

Se encogió de hombros.

—A lo mejor me gustan las etiquetas. A lo mejor también me gusta saber en qué términos estoy con un hombre, sobre todo después de haberle entregado mi virginidad. A lo mejor cierta etiqueta me tranquilizaría mucho ahora mismo.

—Hailey —le dije, muy serio y muy desnudo, mientras hincaba una rodilla en el bote... lo que me resultó bastante complicado porque era de goma. Recogí sus bragas y se las ofrecí como si fueran un anillo—. ¿Quieres ser mi novia?

Ella cogió las bragas y se las puso con una sonrisa.

—Que el Señor nos coja confesados. Sí, quiero.

Bruce llamó a la puerta de mi despacho y, después, asomó la cabeza.

—Me han dicho que anoche robaste un bote salvavidas del yate. Otra vez.

—Me han dicho que acaricias a las bananas en contra de su voluntad.

Mi hermano suspiró.

—También me han dicho que robaste el bote salvavidas con una chica.

—A lo mejor lo hice, sí.

—Estás tan radiante como una embarazada. ¿Te ha dejado preñado?

Me eché a reír.

—Qué bromista estás esta mañana. No. Un caballero no habla de sus hazañas sexuales. Puesto que yo no soy ningún caballero, te diré que usamos protección, que fue genial y que estoy contando las horas que faltan hasta volver a verla.

—Bueno, bueno, bueno. Mi hermanito está enamorado. Natasha se emocionará mucho.

—Por cierto, si quiere quedarse con el mérito, dile que es la celestina más vaga del mundo.

—No es eso. Creo que tiene claro que si encuentras a alguien a quien prestarle atención, dejarás de darnos la lata.

—Sabes que la pequeña Caitlyn se llevará un disgusto si su tío favorito no va a verla a todas horas.

—Eres su único tío, y creo que sobrevivirá. Ah, sí, han visto a mamá y a papá en el vestíbulo. Creo que vienen a verte.

—¿Ya? Mierda. Estuvieron aquí hace un par de días.

Bruce se encogió de hombros.

—Si le das dinero a un mendigo, vendrá en busca de más. Te lo he dicho un millón de veces.

—Y yo te he dicho un millón de veces que eres un perfeccionista con un palo en el culo y sigues igual, fíjate tú.

—Felicidades por la chica —repuso él, pasando de mi pulla—. En serio. Me alegra verte feliz. Y creo que sentar cabeza te sentará bien.

—¿Quién ha hablado aquí de sentar cabeza?

—La sonrisa esa tan tonta que tienes en la cara.

Arrugué un trozo de papel en el que había estado garabateando y se lo tiré, pero él se fue antes de que le diese siquiera.

—Sentar cabeza —murmuré. Para ser sincero, no era tan descabellado. Pero antes de considerar en serio la idea de sentar cabeza, tenía que ver las habilidades de la mujer en cuestión con el cepillo de dientes. A ver, joder, ¿y si era de las que deja el espejo lleno de salpicaduras de pasta de dientes? Vale que no fuese Bruce, pero yo también tenía mis normas en cuanto a la limpieza.

Bueno, sería peor si fuera una de esas mujeres con una bolsa inagotable de gomas del pelo y horquillas que poco a poco van adueñándose de todos los huecos, cajones y espacios libres de la casa, hasta acabar formando enormes bolas de pelo. Incluso podía enfadarse conmigo por dejar levantado el asiento del inodoro; pero, a ver, venga ya, a lo mejor no me apetecía tener que levantar el asiento cada vez que fuera al baño, de la misma manera que a ella no le apetecía tener que bajarlo.

Intentar convencerme de que no me estaba enamorando era un esfuerzo mental ridículo. Bien podía ser una de esas que hacían pis sin llegar a sentarse en el inodoro por motivos de higiene, de manera que acababan rociándolo todo con una asquerosa capa de pipí. Bien podía eructar después de todas las comidas y cortarse las uñas de los pies en la mesa. La verdad, me daría igual. Me había enganchado a ella y, a esas alturas, tendría que saltarme un ojo o algo así para librarse de mí.

Mis padres entraron sin llamar.

—Te estuvimos buscando anoche —dijo mi padre con deje acusatorio.

—Sí, bueno, es que salí.

—Bueno, no vamos a tardar mucho. Nos hemos enterado de que estás saliendo con una chica que tiene una... ¡pastelería! Hemos pensado que estaría bien escarbar un poco en su pasado, y ¿sabes lo que hemos descubierto? —Mi padre deslizó un sobre por encima de mi mesa mientras tomaba asiento en la silla. Mi madre siguió de pie, a su lado.

Abrí el sobre y hojeé los documentos por encima sin prestarles mucha atención al principio, pero después me detuve al ver el nombre en uno de ellos.

—Un momento, ¿qué es esto? —pregunté.

—La prueba de que tu amiguita está aprovechándose de ti. Eso —siguió mi padre, señalando el documento que yo tenía en la mano izquierda— es una oferta de Construcciones Sleiman para comprar por dos millones de dólares el local donde está la pastelería de tu amiga. Quieren transformar el edificio en un bloque de pisos y están comprándolo todo. El dueño del local nos ha dicho que le ha dejado un mensaje de voz a tu amiguita diciéndole que tiene que desocuparlo a menos que, por arte de magia, saque dos millones de algún sitio.

—¿Cuánto hace que lo sabe? —pregunté, un poco mareado.

—Hace meses que no paga el alquiler. Ayer por la tarde el dueño le dejó un mensaje de voz hablándole del tema de la compra. Ella fue a solicitar un préstamo, pero se lo negaron al instante.

Recordé que al principio se había negado a salir conmigo, pero después pareció encantada con la idea cuando apareció en mi casa. Teniendo en cuenta lo que mis padres me acababan de enseñar, lo único que había cambiado para entonces era el descubrimiento de que necesitaba dos millones de dólares para salvar su negocio.

Me eché hacia atrás en el sillón.

—Joder.

Mi madre hizo un mohín, compadeciéndose de mí.

—William, no es fácil estar en tu posición. Eres guapo.

Rico. Tienes éxito. Siempre tendrás que estar en guardia para evitar que se te acerque este tipo de chicas. No es agradable, pero así son las cosas.

Podía pasar del tema cada vez que Bruce lo sacaba a relucir, pero lo cierto era que sufrí bastante cuando Zoey Parker me hizo creer que estaba interesada en mí y no solo en mi dinero. Me dolía siempre que iniciaba una relación con una mujer y descubría que solo me estaba utilizando. Joder, seguramente por eso mis relaciones con las mujeres se habían vuelto cada vez más efímeras. Solo me entregaba lo imprescindible, de manera que si acababan siendo unas cazafortunas, yo no acabara pareciendo un idiota.

Me levanté de repente y empujé el sillón hacia atrás.

—¿Adónde vas?

—A hablar con ella.

11

Hailey

Ryan estaba preparando la masa en el obrador mientras yo limpiaba después del aluvión de clientes del almuerzo. Había sido increíble. No recordaba la última vez, salvando lo del día anterior, que habíamos tenido tantos clientes. El día anterior habíamos conseguido casi mil dólares de beneficio neto, y aunque la marabunta de personas no había sido tan brutal como la del otro día, no me sorprendería que consiguiéramos unos setecientos. A ese paso, podría ponerme al día de los atrasos en el alquiler del apartamento y de la pastelería en cuestión de meses.

De modo que cuando reconocí al propietario del local, que abrió la puerta de un tirón, no sentí el mismo pánico que de costumbre. Tenía un plan. Tenía buenas noticias.

Inspiré hondo y sonreí.

—Señor Smith, no lo esperaba…

—Te he dejado cuatro mensajes de voz —me interrumpió con sequedad. Tendría unos cuarenta y tantos años, y era un hombre barrigón pero con piernas de alambre, y unas cejas que parecían un par de orugas a punto de comerse unas cuantas hojas y convertirse en mariposas.

—Sí, sí, lo sé. Me he retrasado un poco con los mensajes de voz y tal, pero planeaba oírlos muy pronto.

Meneó la cabeza.

—Van a comprar el bloque entero, Hailey. Me han ofrecido dos millones de dólares solo por esta propiedad, así que voy a venderla. Y adivina, como soy generoso, dadas las circunstancias, ni siquiera voy a llevarte ante los tribunales por todos los pagos atrasados que me debes. Feliz Navidad.

El estómago me dio un vuelco.

—No puede hacer eso, ¿verdad?

—¿El qué? ¿Vender mi propiedad? Pues claro que puedo. Tu contrato de alquiler es prorrogable de mes en mes, y prefiero con mucho cobrar ese pastizal de golpe a los cuatro mil al mes que nunca has conseguido pagarme.

—Pero podré pagarle muy pronto. He conseguido un acuerdo genial con Galleon Enterprises para la publicidad y ayer obtuvimos un gran beneficio. Incluso puedo enseñarle las cuentas que lo demuestran. —Vi su expresión y el alma se me cayó a los pies. Nunca había sido cruel conmigo, pero era un empresario. Lo llevaba escrito en la cara. Ningún empresario en su sano juicio rechazaría el acuerdo que le proponían, y bien que lo sabía yo—. ¿Por favor? —le dije, como último intento.

—Lo siento, Hailey. Pero es un hecho. Tienes una semana.

Solo atiné a observarlo mientras se iba. Así sin más, se me escapaba el sueño de entre los dedos, y no veía una solución a mano. Sin la pastelería, perdería el apartamento. Sin apartamento, perdería vivir en Nueva York, y sin la ciudad, me pregunté cómo conseguiría retener a William.

Ryan me encontró con la cabeza entre las manos.

—¿Han vuelto a cancelar *Brooklyn 99*?

—No, han cancelado El Repostero Dicharachero.

—¿Cómo?

—Alguien ha comprado el edificio entero. A menos que se te ocurra cómo conseguir dos millones de dólares para convencer al propietario de que no venda este local, lo llevamos crudo.

Ryan ladeó la cabeza.

—Uf, me preguntó dónde podría encontrar a alguien con más dinero que Midas. Y tendrías que caerle bien, así que mal asunto. Pero... creo que tengo un nombre en la punta de la lengua.

—Ni de coña. Este no es mi sueño porque quiera ser rica y famosa. Es mi sueño porque quiero demostrarme que puedo hacerlo con el sudor de mi frente. No significaría nada para mí si alguien me lo comprara.

—¿El trato de William con la publicidad no cuenta?

Lo miré con cara de pocos amigos.

—No creía que la publicidad fuera a funcionar tan bien, ¿vale? Creía que pondría un anuncio en la radio y nos conseguiría unos diez clientes más por semana o algo así.

Ryan sonrió.

—Solo te estaba pinchando. Sé lo que quieres decir, y te entiendo. Joder, ¿eso quiere decir que ya no tengo que hornear galletas hasta que el pis me huela igual que la masa de las que vamos a presentar para el concurso de Sheffield de esta semana?

—No —contesté, aunque estaba tomando la decisión sobre la marcha—. Puede que El Repostero Dicharachero no esté aquí mucho más tiempo, pero eso no quiere decir que vayamos a dejar escapar la publicidad que nos dará el concurso.

—Tengo que preguntarte lo obvio: Si la pastelería ya no va a existir, ¿qué vamos a publicitar exactamente?

—¿La comida que preparamos? No sé, Ryan. Pero me parece que es lo correcto, así que voy a estar allí con mi dichosa camiseta y voy a hornear galletas. Las venderé desde la cocina de la residencia de ancianos de mi abuela si es necesario.

—Bien dicho —repuso él—. Me apunto.

—¿En serio?

—Ajá.

Los dos nos dimos la vuelta cuando la puerta volvió a abrirse. En esa ocasión, se trataba de William, y parecía más cabreado de lo que lo había visto nunca. Se acercó con paso furioso al mostrador. La mirada que le lanzó a Ryan debió de dejarle muy clarito que quería hablar conmigo a solas, porque Ryan casi se fue al obrador corriendo.

—¿Va todo bien? —le pregunté.

—¿Recuerdas que te dije que estaba averiguando cómo eres, pedacito a pedacito? Pues creo que ya he averiguado lo mejor. Necesitas dinero desesperadamente y me estabas engatusando hasta que llegara el momento justo para sacármelo. Toma, ¿es lo que necesitas para salvar tu pastelería? ¿Dos millones? Aquí tienes dos y medio, para cubrir impuestos y demás.

—William, ¿qué coño te pasa?

No me hizo ni caso mientras estampaba un cheque contra el mostrador y empezaba a rellenarlo. Lo deslizó hacia mí cuando terminó de escribir. Vi el dolor reflejado en el rostro y supe que había dicho en serio todas y cada una de las palabras que había pronunciado.

—¿Quieres saber siquiera lo que tengo que decir? —le pregunté. Mi voz también sonaba furiosa. Pensaba que me conocía mejor, lo suficiente para no creer que lo había estado utilizando, pero parecía que me había equivocado.

—No, gracias. Ya lo he oído antes. Por una vez, pienso largarme antes de acabar quedando como un imbécil.

—Demasiado tarde —repliqué, y detesté lo temblorosa que me salió la voz.

Salió dando un portazo.

Ryan volvió del obrador con expresión cautelosa.

—Bueno… Tengo helado en casa.

—¿Cuántas tarrinas? —le pregunté.

Después de haberme zampado varias tarrinas de helado, decidí volver a casa. Ryan se había portado muy bien dejándome que me desahogara con él, que pusiera verde a William y expresara lo dolida que me sentía por el hecho de que pensara tan mal de mí. Algunos tíos creían que las mujeres querían soluciones cuando estaban alteradas, pero Ryan entendía que esa no era la cuestión. Solo necesitaba desahogarme. Quería que alguien supiera por qué me dolía tanto. Si hubiera intentado ofrecer alguna solución a mi problema, me habría dado la sensación de que estaba quitándole importancia a mis preocupaciones, como si fueran algo menor y de fácil arreglo.

Miré el móvil cuando salí del apartamento de Ryan y vi que tenía un mensaje de texto de un número desconocido.

555-3021 (16.47): Hola. Soy Natasha, la mujer de Bruce. Nos hemos enterado de lo ocurrido. ¿Puedes venir a la cafetería de la Quinta Avenida? Invitamos nosotros.

Solté el aire mientras me lo pensaba. Una parte de mí ya no quería seguir hablando. Estaba lista para la segunda fase, consistente en ponerme el pijama y en ver comedias románticas mientras comía más helado. La otra parte de mí esperaba, como idiota que era, que se pudiera arreglar de alguna manera. Al final, le mandé un mensaje de texto diciéndole que podía estar allí en media hora.

Natasha y Bruce estaban muy serios, sentados a una mesa situada junto al escaparate. Ya tenían un café esperándome.

—Hola. —Natasha me miraba con preocupación, como si yo fuera un animal herido.

—Esto tiene pinta de intervención —dije al sentarme. Sentía los ojos hinchados, porque ya había llorado un poquito. Vale, tal vez hubiera llorado mucho, pero siempre he sido de lágrima fácil. Por más que deseara que no me importase todo eso, porque el hecho de que me importase parecía otorgarle la victoria a William, no podía evitarlo. No dejaba de darle vueltas al hecho de que si hubiera esperado un día más, no habría desperdiciado mi virginidad con alguien que estaba a punto de darme la patada sin escuchar siquiera lo que tenía que decir al respecto. Luego me ponía todavía peor porque, aunque la cosas habían acabado así, no podía recordar la noche en el bote salvavidas sin que un millar de mariposas me revolotearan en el estómago. Fue magia pura, daba igual cómo hubiera terminado, y parecía que no había fuerza de voluntad en el mundo capaz de cambiarlo.

—No lo es —me aseguró Bruce—. Pero quería averiguar qué ha pasado y ver si necesitabas ayuda. William no suelta prenda, pero ha destrozado medio despacho cuando ha vuelto al trabajo, así que nos hemos imaginado lo peor.

—Cree que voy detrás de su dinero porque, a ver, necesito dinero, sí, con urgencia. En cuanto ha descubierto cuánto necesitaba y ha cuadrado nuestras citas, se le ha ido la pinza. Ha supuesto que soy una cazafortunas calculadora, y ni me ha dejado que intente convencerlo de lo contrario.

—Qué gilipollas... —dijo Natasha.

—Ya sabemos que William es un gilipollas —convino Bruce—. Y también un idiota.

—Y un capullo —añadió Natasha.

Bruce esbozó una sonrisilla torcida.

—Viene a ser lo mismo, Nat. Pero sí, también es un capullo.

—Pero no lo es. No en el fondo —protesté—. Es sarcástico, pero en el fondo hay un buen tío cuando miras más allá de la fachada. Por eso no le encuentro sentido. Es como si se hubiera convertido en otra persona.

—En fin, aunque William nunca lo admitiría, los dos hemos sido víctimas de un par de cazafortunas. Eso pasa factura. Yo estuve a punto de no darle una oportunidad a Natasha porque creía que ella también iba detrás de mi dinero.

—¿Qué pasó? —le pregunté.

Se encogió de hombros.

—Al final, me di cuenta de que tenía que hacerle caso al instinto. No podía darle la espalda al mundo porque me hubieran jodido la vida en el pasado.

Suspiré.

—¿Te importaría explicarle eso a tu hermano?

—¿Le darías otra oportunidad después de esto? —me preguntó Natasha.

Medité la respuesta. Sabía que estaba a punto de decir algo que no era verdad, pero no estaba preparada para perdonarlo todavía en voz alta, ni por asomo.

—No, supongo que no. De hecho, me encantaría tirarle una tarta a la cara ahora mismo.

Bruce se echó a reír.

—Hazlo.

—Sí, claro.

—Lo digo en serio —replicó él—. Les diré a los de seguridad que vas a ir. Te dejarán subir directa a su despacho.

Miré la tarta de cereza que llevaba en la mano, con la sensación de que me estaba volviendo loca del todo. Había pasado una hora desde el encuentro con Bruce y Natasha, y me dirigía al despacho de William sin creerme apenas que fuera capaz de hacerlo. Aunque me parecía lo correcto. A la mierda con él. A la mierda por hacerme confiar en él. Por hacerme creer que era distinto. Por desvirgarme y darme la patada al día siguiente.

Pasé por delante de su secretaria, que me miraba con una sonrisa guasona que me recordó a la sonrisa perversa que podría poner un personaje de Aubrey Plaza. La saludé con un gesto de la cabeza, que ella me devolvió. Supuse que Bruce o Natasha la habían puesto al día del plan y, a juzgar por su reacción, me había ganado su respeto.

Abrí la puerta del despacho y lo encontré sentado a su mesa, con los nudillos enrojecidos y una expresión furiosa. Parecía cabreado y triste al mismo tiempo. No dejé que eso me detuviera, aunque una enorme parte de mí quiso extender los brazos hacia él y reconfortarlo…

No pensaba ceder a esa debilidad. Pues claro que debería estar furioso. Consigo mismo. Porque estaba comportándose como un gilipollas integral.

Levantó la vista y arqueó las cejas al verme.

—¿No te morías por mi puta cereza? ¡Aquí la tienes, imbécil! —le grité antes de tirarle la tarta con todas mis fuerzas.

Por algún motivo, esperaba que la tarta surcara el aire en línea recta como por arte de magia, directa hacia su cara; en cambio, empezó a girar sobre sí misma. Se oyó un golpe metálico cuando el molde lo golpeó en la cara. El impacto hizo que William cayera hacia atrás, volcando el sillón y todo casi a cámara lenta, mientras la tarta le caía sobre el regazo. Lo último que vi antes de salir del despacho fueron sus pies en el aire mientras el sillón se caía hacia atrás.

Cerré la puerta a mi espalda y miré a su secretaria con una mezcla de espanto y satisfacción.

—¿Qué se siente? —me preguntó entre dientes. La expresión de sus ojos era tan ávida que casi daba miedo.

—Bueno… ¿como si acabara de matar a un hombre de un tartazo?

—Joder, sí —masculló—. ¡Joder, sí!

Pasé por delante de ella lo más lejos que pude y eché a correr hacia el ascensor para salir del edificio lo más rápido posible. Una vez en el exterior, oí sirenas de policía y eché a correr hacia el callejón más cercano, pero me di cuenta de que la policía pasaba de largo y…

Pues claro que pasaba de largo. Carraspeé, me alisé la camiseta e intenté no mirar a nadie a los ojos.

«Puede que haya matado a un hombre. William está muerto. Causa de la muerte: un cerezazo en toda la cara.»

12

William

Clavé la vista en el techo mientras la cara me palpitaba como si me hubiera golpeado un camión. ¡Por Dios! Hailey debería haber sido *quarterback* profesional. No creía haber visto nada moverse tan rápido como se movía esa tarta de cereza mientras surcaba el aire. Debía de estar templada, porque notaba su calorcillo allí donde me había caído sobre los pantalones.

No sabía cuánto tiempo llevaba allí tirado, sin moverme, pero no me apetecía levantarme. Lo tenía claro. Seguramente me lo merecía.

Sin embargo, Hailey había supuesto un riesgo que no quería correr. Había muchos indicios que la señalaban como una cazafortunas y todos habían aparecido al mismo tiempo, lo que me hacía pensar que los había estado ocultando desde el principio. Y no había protestado por el cheque que le di, que fue la prueba definitiva de su culpabilidad. Por más que se hiciera la inocente, seguramente ya lo había cobrado y había empezado a hacer planes sobre cómo invertir el dinero. Normalmente, no le habría dado ni un centavo a una mujer que descubriera que se estaba aprovechando de mí, pero me gustaba Hailey, ya fuera una cazafortunas o no. La idea de ayudarla al menos me alegraba, aunque no pudiera confiar en sus sentimientos hacia mí.

La puerta se abrió despacio, pero desde mi lugar en el suelo no veía quién había entrado.

—Estás vivo, ¿verdad? —Era la voz de Hailey.

—Hailey —gemí.

—Me voy —dijo ella con firmeza—. Solo necesitaba confirmar que no te había matado. Aunque seguramente sea lo que te mereces.

Cerró de un portazo.

Estuve a punto de sonreír. Había tardado tanto en volver para comprobar si me había matado que debía de haber salido del edificio antes de decidir regresar para ver cómo estaba. Acabé por suspirar antes de apartarme la tarta del abdomen. Me puse de pie, un tanto dolorido, pero el golpe me dejaría un moratón como mucho. Cuando me aparté para quitarme los restos de tarta del abdomen, vi que había un papel en el relleno de cereza. Lo saqué con cuidado y lo limpié todo lo que pude.

Era un cheque. Mi cheque.

Joder.

El impacto fue mayor que el del molde de la tarta. Siempre había sido un imbécil, pero acababa de superar mi nivel de imbecilidad con creces. La furia y la vergüenza se me arremolinaron en el estómago como si fueran veneno. Furia hacia mis padres, que debían de haber deseado que las cosas se desarrollaran tal cual lo habían hecho. Vergüenza por haber reaccionado antes siquiera de pararme a pensar si la Hailey que yo conocía sería capaz de usarme para conseguir dinero.

13

Hailey

—¿*D*ijiste «*Sayonara, baby*»? —me preguntó mi abuela mientras seguía riéndose a carcajadas tan fuertes que casi no podía entender lo que me decía.

La miré con una sonrisa torcida.

—No. Se me ocurrieron diez cosas más chulas que podría haberle dicho nada más tirarle la tarta.

Se rio con más ganas.

—Bien hecho, preciosa. Bien hecho.

—Ojalá me sintiera bien. Me siento como si me estuviera obligando a odiarlo aunque solo quiero perdonarlo e intentar arreglar las cosas. A ver, sé que se supone que tengo que estar cabreada, pero no me sale.

—Voy a darte un consejo, preciosa. —Empezó a repartir cartas al grupo de ancianos de ojos vidriosos sentado a la mesa de póquer con ella. Yo estaba sentada a su lado en una silla plegable en mitad del salón de juegos de su residencia—. Si merece que lo perdones, te obligará a perdonarlo.

—¿Qué quieres decir?

—Presta atención, porque cuanto más me acerco a la muerte, más importante es lo que tengo que decir. Y, cariño, no hay mucha gente mayor que yo, así que todo lo que digo es oro puro.

Sonreí.

—Lo entiendo, abuela. Estoy prestando atención, aunque eres demasiado terca como para morirte, así que lo que dices no se aplica.

Me miró con expresión ladina.

—En parte, por eso me rodeo de muertos vivientes. Si la muerte llama a mi puerta, podré señalarle a un montón de gente que se irá con mucho menos jaleo que yo.

—¡Oye! —protestó con voz cascada el hombre que tenía enfrente.

—Cierra el pico, Leonard. Sabes que no me refería a ti.

Al aludido le temblaron los labios mientras miraba las cartas que tenía en las trémulas manos y asentía con la cabeza.

Mi abuela me miró y susurró:

—Me refería a él, anda que no.

—Ibas a darme un consejo de oro.

—Sí, sí. Lo más satisfactorio del mundo es ver a un hombre fuerte de rodillas delante de ti, porque va a pasar una de estas dos cosas, y ahora mismo voy a explicarte cómo saber cuál de la dos es. Si no tienes bragas, va a comértelo, y eso es maravilloso por razones más que evidentes. Si las tienes puestas, está a punto de suplicarte perdón y de arrastrarse por ti. Y de esa forma, cariño mío, es como las mujeres le hacen un corte de mangas a todo aquel que piense que los hombres gobiernan el mundo. No hay nada más satisfactorio sobre la faz de la Tierra que tener semejante poder en la palma de las manos. Así que cuando un hombre ha metido la pata y tiene que pedirte perdón como Dios manda, te esperas. Si merece que lo perdones, vendrá a verte con flores y disculpas durante días. Después, te regodeas durante el tiempo que quieras.

—¿Y qué se supone que tengo que hacer luego?

—Obligarlo a demostrarte que se arrepiente hasta que estés segura de que ha pagado por ser un capullo. Es muy sencillo, la verdad.

Meneé la cabeza, sonriendo.

—¿Y si no aparece para pedirme perdón?

—En ese caso, no merecía que perdieras el tiempo con él. Aceptas tus heridas y sigues adelante. Eres joven y guapa, y tienes talento. Ser joven consiste en meter la pata hasta que lo haces bien. Lo más sencillo del mundo mundial.

—Gracias, abuela. Por una vez, creo que ha sido un consejo práctico.

—Ah, ¿te he dicho que no encontrarás mejor momento para hacer exigencias? ¿Quieres un coche nuevo, licencia para acostarte con otros, joyas? Ahora es el momento de pedirlo.

—Y ahí está… —Me eché a reír—. La parte en la que pasas de lo práctico a la locura total.

Me guiñó un ojo.

—Nada más lejos de mi intención que decepcionarte. —Mostró las cartas que tenía en la mano y soltó una carcajada—. Leonard, eres un idiota, y ahora encima eres un idiota con diez dólares menos. Afloja la pasta, viejo chocho.

Aparté la silla y me levanté. Pensé que dar un paseo me despejaría la cabeza. Cuando me di la vuelta, vi a William de pie en el fondo del salón, con una bolsa de palomitas en la mano.

Lo miré sin dar crédito.

—Lo siento —dijo él—. Alguien la había dejado ahí sola y había un microondas justo al lado. Estaba pidiendo a gritos que alguien la cogiera. Además, me pareció que estabas ocupada, así que…

Dejó la frase en el aire antes de llevarse la mano a la boca para comerse unas cuantas palomitas.

Mi abuela se volvió al oír su voz y levantó una ceja.

—Hijo, será mejor que te pongas de rodillas y empieces a disculparte pronto, porque si no lo haces, te doy en la cabeza con el andador de Leonard.

—¡Oye! —protestó el aludido.

—Cierra el pico —le gruñó mi abuela sin apartar la vista de William.

William soltó la bolsa de palomitas y se puso de rodillas, tras lo cual extendió los brazos a los lados. Me sentí un poquito culpable al ver que tenía la nariz morada y uno de los ojos algo hinchado.

—Siento no haber tenido la decencia de morirme cuando me tiraste una tarta de cereza de veinte kilos a la cara.

—¿De verdad pesaba tanto? —preguntó mi abuela.

—Abuela... —masculé—. O te comportas como una espectadora silenciosa o hago que William salga arrastrándose fuera para terminar con su disculpa.

—No he accedido a arrastrarme.

—Tú también te quedas calladito —masculé. Lo señalé con un dedo—. Solo puedes hablar si vas a disculparte.

Mi abuela hizo el gesto de que se cerraba la boca con una cremallera, mientras que William esperaba con paciencia. Debía reconocer que parecía estar tomándoselo medio en serio, que ya era el doble de serio de lo que solía tomarse todo lo demás. A lo mejor lo decía de verdad.

—Adelante —le dije.

—Que sepas que tienes unos pies bonitos. No me había dado cuenta hasta que me he puesto de rodillas. Pero son muy bonitos, sí, y eso que no me van mucho los pies. Seguro que eso significa algo.

—William... —le advertí.

La sonrisa desapareció de su cara y, por una vez, parecía muy serio.

—Hailey, lo siento. Me comporté fatal, lo hice como el culo, y no como uno de esos culos que se logran a base de sentadillas y dieta equilibrada hasta tenerlo perfecto. Lo hice como uno de esos culos que nadie quiere ver.

Esperé, con los brazos cruzados por delante del pecho. La verdad, ya quería perdonarlo. Era una debilidad mía, pero me gustaba. Me gustaba cómo me hacía sentir. Me gustaba cómo conseguía hacer un chiste de todo. Incluso me gustaba que hubiera convertido la disculpa en una especie de broma en vez de en una llantina para mí. Pero... también disfrutaba con cierta culpa de verlo suplicar, y se merecía tener que humillarse, aunque fuera un poquito.

—Fui un imbécil.

—En eso estamos de acuerdo —convine—. Quiero saber cómo me has encontrado.

—Un hombre tiene sus secretos.

Descrucé los brazos y volví a cruzarlos, a la manera en la que algunos tíos recargaban las armas ya cargadas en las pelis a modo de énfasis. Funcionó.

—Si no puedes vivir sin saberlo —comenzó—, busqué el número de tu hermana en la guía. Y sí, todavía existen en los rincones más recónditos del mundo. La llamé, la amenacé un poco y luego intenté sobornarla, hasta que por fin conseguí que me dijera adónde irías si alguien te cabreaba.

—Me impresiona que Candace lo adivinara.

—En fin, tampoco le des tanto mérito. Su primera sugerencia fue el pasillo de los helados en el supermercado que hay cerca de tu apartamento. Como vi que tenían el stock completo, lo taché de la lista. Estás sonriendo. ¿Es buena señal?

—No —dijo mi abuela—. No va a perdonarte después de esa disculpilla de nada, ¿verdad?

Carraspeé.

—Claro que no.

William fulminó a mi abuela con la mirada.

—Mmm, Hailey me ha dicho que siempre está aprendiendo jerga nueva. ¿Ha oído alguna vez la expresión «cortarrollos»?

—Sí, creo que la leí en el último *best seller* de Mark Manson.

William y yo la miramos con extrañeza.

Mi abuela señaló a Leonard, que levantó la vista de sus cartas y la miró con la misma expresión.

Ella gimió, frustrada.

—Te lo he dicho cientos de veces, Leonard, viejo chocho. Cuando digo esa frase, tú les dices el título del libro.

—Pues se me ha olvidado el dichoso título.

—Es *El sutil arte de que (casi todo) te importe una mierda*. ¿Vale? Y ahora el momento se ha ido a la porra, gracias a Leonard.

—A lo que iba —dijo William al tiempo que se levantaba y se sacudía las rodillas—. Tal vez sería mejor acabar en privado.

—Que no sea demasiado privado —le advirtió mi abuela—. No dejes que te baje las bragas otra vez hasta que se lo haya ganado, Hailey. ¿Me has oído?

Fingí no hacerlo mientras seguía a William al exterior. Hacía un bonito día, y había árboles de sobra para protegernos del sol de la tarde. La residencia de ancianos de la abuela estaba en la campiña de Nueva York, que era más bonita de lo que la mayoría creía.

—¿Quieres que vuelva a ponerme de rodillas? —me preguntó—. Porque lo haré.

Meneé la cabeza.

—No. William, voy a serte sincera. Que me acusaras de todo lo que dijiste me abrió los ojos. No creo que se me vaya a olvidar solo porque te disculpes.

—No espero que lo hagas. La he cagado yo, pero, oye, ¿qué mejor forma de empezar una relación? Ya solo podemos ir a mejor, ¿no?

—Pues no, técnicamente podría ir a peor. Podrías encerrarme en el sótano y empezar a decir «Se frota la loción en la piel».

—Yo no haría eso. Diría: «Oye, aquí tienes un poco de loción. ¿Puedes echártela para que tengas la más flexible cuando me la ponga a modo de traje?».

Me eché a reír. Costaba la misma vida seguir cabreada con él.

—¿Te importa volver a ser un cabrón para que pueda seguir cabreada contigo? ¿Por favor?

—Solo si así acabamos echando un polvo de reconciliación.

—Va a ser que no.

—En ese caso, no. Voy a seguir esforzándome para que me perdones, aunque tarde días en conseguirlo.

—¿Eso es todo lo que merece? —le pregunté con las cejas levantadas—. ¿Unos días?

—Días. En plural. Podría estar hablando de miles de días, que es lo que estaría dispuesto a pasar intentando resarcirte.

Me mordí el labio inferior y suspiré.

—Te perdonaré si puedes convencerme de que no soy un felpudo por hacerlo.

—Ah, eso es fácil. ¿Eres consciente del efecto que ejerzo sobre ti? —Se me acercó y me colocó un mechón de pelo detrás de la oreja—. ¿Quién podría culparte por perdonarme?

—Ese gesto no ha sido justo —protesté—. El truco del mechón detrás de la oreja está codificado en el ADN de las mujeres como un gesto capaz de derretir a la más pintada.

—Lo sé —admitió él con un deje seductor y travieso en la voz—. Es casi tan eficaz como susurrar tonterías al oído de una mujer. Así. —Se inclinó hacia mí—. Tonterías —susurró.

Pese a lo ridículo de la situación, bastó el roce de su aliento en la oreja para provocarme un escalofrío.

—Qué pereza la tuya.

—Vale —dijo mientras se volvía a inclinar hacia mí para susurrar—: ¿Cómo piensas llevarme a la cama?

—En fin —contesté y vi cómo mis manos se movían por voluntad propia para acariciarle el torso—. Ahora mismo, el plan es muy sencillo. Dejar que creas que tienes que demostrarme tu valía, aunque decidí perdonarte en cuanto te vi con esa ridícula bolsa de palomitas. Supuse que, al final, llegarías al punto en que hace falta menos ropa. Además, ¿cómo voy a seguir cabreada contigo cuando te comiste mi cereza con tanta fuerza que te ha dejado un ojo morado?

Se echó un poco hacia atrás y me miró con expresión traviesa.

—Buena pregunta. Si alguien me hubiera dicho que todo esto acabaría contigo sometiéndome con tu cereza... y en toda la cara... En fin, creo que lo habría firmado sin pensar. Y sí, tengo un par de cosillas que enseñarte con menos ropa. Como el escorpión, para empezar.

—¿Pregunto de qué va o mejor no?

—Mejor no, pero la disculpa no es oficial hasta que lo vivas.

—Me conformo con un beso.

—Eso, tú venga a exigir —dijo él antes de inclinarse y besarme.

Siempre olía de maravilla, y lo primero en lo que me fijé después del tierno roce de sus labios fue lo familiar que me resultaba su olor. Tenía la sensación de estar en el lugar que me correspondía cuando estaba con él. Podía olvidarme de que iba a perder la pastelería, de que Nathan parecía haberse rendido y ya no aparecería más por mi vida, de lo que podría decir Zoey a continuación. Nada de eso parecía importante porque William estaba a mi lado. ¿Ñoño? Sí. Pero nunca había sido ñoña y me encantaba que él sacara era faceta de mi personalidad.

Nos besamos con el sol sobre nosotros y el susurro del viento entre las hojas por encima de nuestras cabezas. Intenté no pensar en que mi abuela sería capaz de hacer que la mitad de los ancianos de la residencia se pegaran a las ventanas para verlo todo, aunque estuvieran en silla de ruedas. Y esa era una imagen que estaba encantada de borrar de la mente.

14

William

*D*ecidimos quedarnos a pasar el día en el campo y, después, también el día siguiente, y el otro, y otro más. Hailey no paraba de mencionar un concurso en el que quería que participara la pastelería al cabo de unos días, así que le prometí que lo organizaría todo para llevarla a tiempo adonde quisiera, a ella y todo el material que necesitara. Había alquilado una casita en las afueras del pueblo donde vivía su temible abuela. Agradecí la tranquilidad del lugar y me di cuenta de lo mucho que necesitaba respirar aire puro.

Estábamos paseando por la orilla de un riachuelo de aguas perezosas mientras los pájaros trinaban y las copas de los árboles nos protegían de los rayos del sol. La escena era tan ñoña que daban ganas casi de vomitar, pero entendía por qué Hailey estaba disfrutando, y eso me bastaba.

—Míranos, dando un paseo normal como hacen las parejas normales —dije.

Los dedos de Hailey estaban entrelazados con los míos, como si fuéramos un par de adolescentes.

—Habla por ti. Yo soy una persona normal. El loco aquí eres tú —replicó ella.

—¡Bah! Solo tengo un trastorno mental. ¿No hacen falta por lo menos dos para que te consideren loco? Además, ¿cuándo fue la última vez que me viste robar algo?

—Mmm, a ver si soy capaz de recordarlo en orden cronológico, desde que apareciste en la residencia de ancianos. La bolsa de palomitas, el mando a distancia del hotel la primera noche, ¡mis bragas!, el último *bagel* que le quedaba a aquel pobre anciano en el bufet libre...

—¡Si no tenía dientes! ¿Qué iba a hacer con él, chuparlo hasta que se disolviera?

—A lo mejor tenía la dentadura sobre la mesa. ¿Quién sabe?

Sonreí.

—Si te digo la verdad, me di cuenta de que no tenía dientes después de llevarme el *bagel*.

—¿Lo ves? Eres un animal implacable.

—Eso no es verdad. Un animal jamás podría alcanzar mi sutileza. Ni hablar.

—Lo que tú llamas sutileza es, en realidad, una caradura tan asombrosa que nadie puede creer que lo estés haciendo de verdad.

Me encogí de hombros.

—Cada cual tiene sus habilidades.

Hailey sonrió y, joder, qué guapa estaba. Daba igual que sonriera, que frunciera el ceño o que pareciera enfadada. Llevaba una camiseta de manga corta que habíamos comprado en un área de servicio para camioneros y unos pantalones cortos deportivos, más que nada porque no habíamos llevado equipaje para tantos días y las tiendas de ropa más cercanas estaban demasiado lejos como para ir de compras. Me había negado a que se comprara otra cosa que la camiseta, que rezaba: «Estas peras son de un camionero cañón». La mía llevaba un volquete sobre el que se leía: «Vengo cargado». A mí me hacían más gracia las camisetas que a ella, pero me dio el gusto y me siguió el rollo.

Estaba guapa con camiseta o con vestido, y me veía inmerso en una lucha constante conmigo mismo para no tirármela en el suelo o contra la pared.

Se humedeció los labios.

—Tienes unas cuantas, quizá. Pero casi todas se restringen a lo que sabes hacer con las luces apagadas.

—Un momento, ¿me estás diciendo que el sexo solo estuvo bien cuando apagamos la luz? ¿Me pongo a partir de ahora una bolsa de papel en la cabeza?

—A veces me agotas, ¿sabes?

—No es la primera vez que me lo dicen. Pero esto solo es el principio. —La aferré por la muñeca, la llevé hasta el tronco de un árbol y la apoyé de espaldas contra él. Era un lugar relativamente íntimo. La casita estaba a algo menos de un kilómetro a nuestra espalda, a la izquierda se extendían unas colinas boscosas y, a la derecha, el riachuelo y un amplio valle. Dudaba mucho de que algún habitante del pueblo llegara paseando hasta ese lugar, pero supongo que era posible que un cazador pudiera confundirnos con dos animales en celo. En fin, en la vida había que correr riesgos.

Le levanté la camiseta y me incliné para besarle el abdomen mientras le inmovilizaba las manos sobre la cabeza.

—¡Oye! —exclamó entre carcajadas—. Pensaba que tus habilidades salían a relucir con las luces apagadas. Ahora mismo hay muchísima luz.

—Exacto. Tengo que demostrarte que te equivocas. Tú te lo has buscado.

Ella me miró y meneó las cejas.

—Cavernícola.

Gruñí.

—Un cavernícola te arrancaría la ropa con los dientes. Yo soy un poco más civilizado.

—A lo mejor no deberías serlo —replicó ella con la voz más ronca, y eso hizo que se me levantara en cero coma. Desde que le puse la guinda al pastel en el bote salvavidas, me pasaba el día con un calentón continuo, y Hailey solo tenía que mirarme de reojo para que me empalmara como un adolescente mortificado en el vestuario de las chicas.

—Así es como te quiero, cuando te pones guarrilla.

Los dos nos quedamos un poco helados. ¡Glup! Acababa de dejar caer sin darme cuenta la bomba del amor. Eso le cortaba el rollo a cualquiera.

—¿Y cuando no me pongo?

Tragué saliva con fuerza. Tenía un historial de no tomarme las cosas con mucha seriedad, pero me resultaba difícil pensar en Hailey en esos términos. Ella era algo serio. Era real, y quería evitar meter la pata con todas mis fuerzas hasta el punto de no haber sentido nunca nada igual.

—Pues podría decirse que también te quiero así.

Ella esbozó una lenta sonrisa y después se mordió el labio inferior.

—A lo mejor yo siento lo mismo por ti.

—¿Te importaría ser un poco más específica?

—Que yo también te... te quiero.

No esperaba la oleada de emoción que me inundó el pecho. La verdad, me sentí un poco moñas, pero estaba a punto de llevar a cabo el acto más masculino que un hombre podía hacer... comérselo a su novia, así que tampoco me paré a analizar mucho la sensación. Era un poco raro que el antídoto fuera comerle el coño a mi novia, pero fueron otros hombres más sabios que yo los que establecieron las reglas de la masculinidad, y no pensaba ponerlos en tela de juicio. Para ser sincero, mi masculinidad era algo sin importancia en ese momento. Así de feliz me sentía.

Me enderecé y levanté a Hailey por la cintura como si fuera un levantador de pesas.

Ella se rio, y se inclinó hacia delante mientras se agarraba a mis manos, un movimiento que casi me hizo perder el equilibrio y caer de espaldas. Para evitarlo, doblé las piernas y ella acabó cayéndose encima de mí.

—¿Ahora es cuando haces un chiste malo sobre caerte con todo el equipo por mi culpa y tal?

—No —contesté—. Lo que voy a hacer ahora mismo es darle un bocadito a esa cereza tuya, aunque tenga que arrancarte la ropa con los dientes.

—Ya le pusiste la guinda al pastel, ¿no te acuerdas?

—Me falla un poco la memoria. ¿Te parece bien que recreemos el momento para refrescármela?

La insté a darse la vuelta para tumbarla de espaldas y le sonreí.

—O, mejor aun, ¿y si te hago eso que te gustó tanto? —sugirió ella.

—¡Oh! ¡Oh! —Me aparté de ella al instante, me tumbé de espaldas y empecé a bajarme los pantalones.

Ella se echó a reír.

—Don Impaciente, por lo que veo. —Hailey se puso a cuatro patas y se acercó gateando a mí—. ¿Qué fue lo que dijiste? —me preguntó con una voz grave que era un desastroso intento de imitarme—. Una buena mamada depende de los dientes. —Chasqueó los dientes mientras se acercaba a mí.

Me reí al tiempo que retrocedía un poco.

—La verdad es que no. Estoy seguro de que yo no he dicho eso.

Ella se lamió los labios y siguió gateando hacia mí. Me apoyé en los codos para asegurarme de que no me perdía detalle de lo que iba a hacer. La noche anterior me había hecho la primera mamada de su vida y, la verdad, iba a ser un proceso de aprendizaje largo, pero pensaba disfrutar cada minuto mientras la veía aprender.

Me rodeó la polla con los labios, y di un respingo en respuesta. Sus labios eran cálidos y estaban húmedos, y sentí cómo me la rozaba con la punta de la lengua.

—¿Estás seguro de que los dientes no tienen que intervenir? —me preguntó al tiempo que me la agarraba con una mano y hablaba como si fuera un micrófono.

Me reí.

—En la vida he estado tan seguro de algo.

Se inclinó y me la lamió desde la base hasta la punta y, después, me la besó con una sonrisa.

—Tengo la impresión de que estos movimientos que me has enseñado deberían tener nombre. A este podríamos llamarlo la ascensión.

Me llevé una mano a la frente.

—Vale, si vamos a ponerles nombre a los movimientos,

enséñame ese que se llama: «No puede hablar más porque tiene una polla en la boca».

Hailey abrió la boca y me la mordió con suavidad.

—¡Oooh, más te vale ser bueno conmigo! —exclamó como pudo, y apenas la entendí.

La miré con sorna, tras lo cual ella se sacó mi polla de la boca y carraspeó.

—Que seas bueno conmigo —repitió—. O te arrepentirás después del mordisco.

—Genial lo de empezar la mamada con esa idea en mente. ¿Sabes? A lo mejor deberíamos dejarlo para otro momento. Irnos a casa y pasar la noche como si fuéramos la típica pareja que lleva años junta. Si nos damos prisa, a lo mejor pillamos alguna reposición en la tele.

Un brillo decidido le iluminó la mirada mientras esbozaba una sonrisilla sensual. Después se puso manos a la obra. No hubo ni rastro de dientes mientras movía la cabeza arriba y abajo al tiempo que me la agarraba con la mano y me la acariciaba con la lengua.

—Déjame que te vea los ojos —le dije.

Ella me miró sin sacársela de la boca. Esos ojos tan grandes y esos labios carnosos eran demasiado perfectos.

—Joder —gemí—. ¿Has reconsiderado lo de que no me corra en tu boca?

—No —murmuró.

Eché la cabeza hacia atrás y sonreí. Me había dicho que si me corría en su boca, sería degradante. ¡Ja! Que se lo dijera a las pobres almas de mi semen que iban a acabar malgastadas en el suelo. Millones de almas. La verdad, era prácticamente un genocidio. Pero no pensaba tentar a la suerte. Era difícil enfadarse cuando Hailey me la estaba chupando.

Acabó por pillar el ritmo adecuado con la mano, momento en el que dejé la cabeza en el suelo y cerré los ojos.

«Joder, me quiero correr en su boca.»

Solo había que negarme algo para que lo deseara con todas mis fuerzas.

—¿Estás segura? —le pregunté con la voz un poco ronca, pero sabía que me había oído, aunque no me contestara de inmediato.

Se la sacó de la boca, pero siguió sujetándola con la mano y acercó los labios para hablar como si fuera un micro.

—No hay más preguntas. Gracias —respondió con un deje formal antes de volver al trabajo.

Joder.

Me ardía el cuerpo desde el interior, y sabía que no iba a durar mucho. Al parecer, era una alumna aplicada.

Cerré los ojos de nuevo y dejé que me robara el sentido lametón a lametón. El cerebro dejó de funcionarme, y tuve la impresión de que acabaría levitando sobre el suelo si la sensación de bienestar aumentaba un poco más.

—Vale —dije—. Joder, voy a correrme.

Pero Hailey no se apartó, al contrario. Me miró a los ojos e hizo que me enamorara de ella de nuevo. ¡Mi alma gemela! Lo sabía. Esa mujer era mi alma gemela.

Aumentó el ritmo y todo mi cuerpo se tensó antes de que me corriera. Mientras el orgasmo me atenazaba, ella se detuvo con los labios apretados en torno a mi polla y los ojos abiertos de par en par por la sorpresa, el horror o el asombro... No supe exactamente la causa, pero apostaría a que fue por el asombro.

Después se incorporó y se sentó sobre los talones. La observé, a la espera de ver si iba a escupirlo o a tragárselo. Y esperé.

—O lo escupes o te lo... —empecé a decirle, pero ella se inclinó y escupió sobre la hierba antes de que yo pudiera completar la frase, tras lo cual se limpió los labios con el dorso de la mano. Sonreí—. O te lo tragas.

—¡Ah! —exclamó mientras se miraba el dorso de la mano. Levantó una ceja, se llevó la mano a la boca y se la lamió.

—Te quiero —le dije.

—Más te vale. Siempre he dicho, desde que oí hablar de las mamadas, que jamás permitiría que un tío me hiciera eso en la boca.

—Es un honor, pero tú también tienes que decirlo o me sentiré inseguro.

—Yo también te quiero y estás monísimo cuando te desesperas.

—Exacto. Y ahora ha llegado el momento de recompensarte. —Solo le dio tiempo a levantar las cejas antes de que la tumbara en el suelo y me pusiera manos a la obra.

15

Hailey

*E*ntré en la pastelería poco antes de las cinco de la mañana. Miré con cara de vinagre el cartel que había colocado en la puerta unos días antes: «Imprevisto: El Repostero Dicharachero estará cerrado hasta nuevo aviso. ¡Pero no os perdáis la Feria de Sheffield, que allí estaremos!».

Pasé la mano por el mostrador al entrar y dejé que mi mente rememorara todos los sueños que había depositado en ese lugar. Debería sentirme como si estuviera en un funeral, pero aún sentía una llamita de esperanza en mi interior. A lo mejor por culpa de las hormonas después del tiempo que había pasado con William; al fin y al cabo, no había cabida para otra cosa salvo para sentirse de maravilla después de haber estado con él. Su forma de mantenerse alejado del mundo era contagiosa, y cuanto más tiempo pasaba a su lado, más capaz me sentía de lidiar con los obstáculos que se me presentaran.

Apenas si habíamos pasado un minuto separados durante tres días, así que haber dormido esa noche sin él, más la media hora que llevaba despierta esa mañana, me resultaba demasiado. Incluso sentía que parte de su magia se desvanecía a medida que la incertidumbre y los problemas se colaban en mi mente de nuevo.

Sí, podía enfrentarme a las cosas con una actitud despreocupada, pero la realidad era que tenía facturas pendientes y no contaba con suficiente dinero para pagarlas. William se había ofrecido a ayudarme y había intentado que la oferta pareciera menos patética al decir de broma que me pagaría diez mil dólares cada vez que me acostara con él. Típico de William lo de pensar que el hecho de pagarme como si fuera una prostituta suavizaría la verdad lo justo para que aceptara su caridad. Me había reído, pero sabía que era un problema que necesitaba solucionar yo sola.

Ya me sentía más afortunada que la mayoría, porque, en el fondo, tenía claro que William no permitiría que acabara en la calle. Sin importar lo que sucediera entre nosotros, era una buena persona y se esforzaría por encontrar al menos el modo de evitar que me convirtiera en indigente.

Pero permitirle que me sacara las castañas del fuego sería como rendirme. Aunque fuera capaz de reconstruir mi negocio con su ayuda, no sería mío, no tal como yo lo quería, la verdad. Así que, en vez de usar mi trillada y segura receta de galletas que había tardado dos años en perfeccionar, iba a seguir el ejemplo de William y a cometer una locura. Para mí, la repostería siempre había sido una cuestión de perfección, pero a lo mejor necesitaba un poco de espontaneidad. Un poco de diversión.

Una vez en el obrador, enderecé la espalda mientras buscaba los ingredientes que tenía a mano. Ya le había dicho a Ryan que no hacía falta que fuera más a trabajar, pero se había ofrecido a ayudarme a prepararlo todo para el concurso sin cobrar nada. Quería ser generosa y pagarle algo de todas formas, pero sabía que cada dólar que gastara a esas alturas aumentaría mis deudas, así que tuve que conformarme con prometerme que encontraría la manera de pagarle en cuanto pudiera.

Apareció unas dos horas después, con los ojos legañosos y bostezando.

—Buenos días, tortolita —me saludó.

—Tengo una idea...

Me miró, fijándose en el chocolate que me manchaba la cara y en las nubes derretidas que se me habían pegado en la camiseta. Frunció el ceño, confundido.

—¿Cuál? ¿Usar una taza colmada de azúcar en vez de una rasa?

—No, no me refiero a ese nivel de experimentación normal. Estoy intentando algo totalmente nuevo.

—Vale... —Me siguió al obrador—. Joder. ¿Desde cuándo lo dejas todo perdido cuando trabajas? —Apartó de un puntapié un trozo de masa que se me había caído al suelo de forma accidental y que todavía no había tenido tiempo de recoger.

—Ryan, esto forma parte del proceso creativo —me justifiqué. Estuve a punto de dar un respingo al comprender lo mucho que me parecía a William en ese momento. Ese hombre era como un virus, pero en el buen sentido.

—Creo que lo entiendo —dijo él, que asintió con la cabeza—. Vamos a destrozar el local para joder al señor Smith ese, ¿verdad? ¿Quieres que agujeree las paredes o algo?

—No. Estoy hablando en serio. Unos segundos más y... —Cogí una manopla, abrí el horno y saqué dos bandejas de galletas—. Son galletas de nubes. No he medido las cantidades de forma precisa, pero me apeteció hacerlas así, ¿ves? —Levanté una galleta y la partí por la mitad. La parte superior era una gruesa y suave capa de nubes derretidas. Debajo había una esponjosa galleta en cuyo interior se descubría un corazón de chocolate Hershey's derretido que se estiró de forma maravillosa cuando separé las dos mitades.

—Tiene buena pinta —dijo Ryan.

—Pues pruebas estas —lo invité, señalándole mi otra idea.

—Parecen... ¿normales? —replicó él, que cogió una y le dio un mordisco—. ¿Están rellenas de cereza?

—Sí, pero espera que no están acabadas. —Cogí una galleta, la rebocé con almendras molidas y después la pinché en una brocheta.

Ryan me observó con recelo, como si creyera que se me había ido la pinza.

Entretanto, yo me acerqué a la freidora, introduje la galleta en el aceite caliente y me volví para sonreírle.

—Galletas fritas. Paula Deen te adoraría. A lo mejor podemos ponerles por encima una capa de mantequilla derretida cuando acabes.

—Nada de mantequilla —dije.

Una vez que saqué la galleta, la dejé en la bandeja, cogí un bote de nata montada, procedí a cubrirla de nata y, como colofón, le puse una guinda cubierta de chocolate.

—¡Tachán! —exclamé—. Pruébala.

Ryan la cogió y le dio un mordisco. Lo observé mientras masticaba y vi cómo levantaba las cejas poco a poco.

—¡Ostras! Esto está que te cagas.

La Feria de Sheffield se celebraba en una inmensa explanada cubierta de hierba en la campiña neoyorquina. Habían venido todos: Candace, Ryan y William. La feria contaba con los entretenimientos tradicionales: juegos diseñados para desplumarte; atracciones manejadas por personas de reputación, experiencia y dudosas ganas de mantenerte con vida, y el olor a *funnelcake*, los dulces típicos de la ferias, en el aire. Como se encontraba solo a una hora de Nueva York, significaba que siempre estaba a rebosar de gente.

William y yo caminamos juntos detrás de Ryan y Candace, que estaban discutiendo sobre una película. Ryan creía que era una obra de arte y mi hermana afirmaba haberse dormido a los diez minutos de empezar. El concurso no se celebraría hasta la tarde; así que, una vez que acabamos de colocar todos los ingredientes y materiales necesarios para preparar las galletas, teníamos unas cuantas horas para divertirnos. Los organizadores del concurso proporcionaban los hornos, de manera que solo tuvimos que llevar la masa y mantenerla refrigerada.

William me pasó un brazo por los hombros y me abrazó mientras caminábamos. Lo miré con una sonrisa.

—En fin, no tenías por qué venir.

—No, pero quería hacerlo. ¿Alguna vez has intentado evitar que haga algo que quiero hacer?

—Un par de veces, sí.

—¿Y cómo te fue?

—No muy bien —admití.

Mi mente regresó a la mamada que le había hecho junto al riachuelo y me puse colorada. Era sorprendente lo rápido que mi cerebro se había ajustado al cambio de haber vivido sin sexo a desear practicarlo varias veces al día si teníamos tiempo. Supuestamente, debería sentirme un poco mal por disfrutarlo tanto, pero no encontraba un motivo concreto que me obligara a hacerlo. El amor era una palabra que la gente usaba con demasiada alegría. Cuando estaba en el instituto, me creí enamorada de Harry Styles, el cantante de One Direction y, después, creí enamorarme de Ryan Gosling cuando vi *Drive*, pero nunca reflexioné mucho al respecto.

Estar con William me había hecho comprender algo: el amor no era o blanco o negro. El amor no aparecía de repente en tu vida y se convertía en un sentimiento que rivalizaba con el de las parejas de toda la vida. A esas alturas, creía haberlo entendido por fin. Todo podía empezar con una simple simpatía por una persona y de ahí, tal vez, esa semilla podía arraigar y empezar a crecer, y nunca se sabía hasta dónde podía llegar. Porque, en los inicios, dicha simpatía incluso se podía confundir con el amor y, más tarde, se llegaba a la conclusión de que esa semilla se había convertido en algo que no era lo esperado.

Pero ¿el amor? El amor era un tipo de semilla distinto, y estaba segurísima de que percibía la diferencia en lo que a William se refería. Lo que había entre nosotros no era algo sin importancia. No era normal. Era una llama de vida que sabía que sería infinita. Sabía que cuanto más entregáramos, más recibiríamos y que los sentimientos que albergábamos el uno por el otro crecerían y evolucionarían mientras viviéramos. Se me ocurrió que, tal vez, por eso fracasaban algunos matrimonios, porque la gente nunca había percibido la diferencia. Todos miraban esa plantita que había crecido de la semilla de la simpatía, o incluso el arbolito, y pensaban que era el amor. O, tal vez, al cabo de unos años, yo echaría la vista atrás para reflexionar sobre mi revelación y llegaría a la conclusión de que fui una imbécil al pensar que lo había entendido todo, aunque en ese mismo momento habría apostado la vida porque de verdad creía haber llegado al fondo de la cuestión. Amaba a William Chamberson con todos sus chistes malos, su cleptomanía y sus defectos.

—¿Estás planeando cómo dominar el mundo ahí abajo? —me preguntó.

—No exactamente —contesté.

—No recuerdo la última vez que estuve reflexionando tanto como parecías hacerlo tú. Tal vez cuando tuve que pensar si «olor» se escribía con hache o sin ella. O cuando tuve que averiguar qué se hacía para sacar la basura.

Me eché a reír.

—Estaba pensando en cosas de mujeres. No te preocupes.

—Ah, ¿en la regla? Lo marcaré en el calendario. Pero te advierto una cosa, un hombre de verdad no se detiene por un poco de sangre. Y tú has encontrado un hombre de verdad.

Fingí una arcada.

—No es de la regla. Oye —dije de repente, deteniéndome para mirarlo—. Si tuviera que vivir una temporada fuera de la ciudad, ¿podríamos seguir viéndonos?

—Como si tienes que vivir en el centro de la Tierra o en una estación espacial. Siempre haría hueco para verte.

—Estoy hablando en serio.

—Yo también. Siempre he querido saber qué pasa en el espacio si escupes por la ventanilla. También me he preguntado si empiezas a flotar cuando se llega al centro de la Tierra.

Lo miré con los ojos entrecerrados.

—Si abres una ventana en el espacio… mueres. Eso es lo que pasa. Y en el centro de la Tierra… pues… pues…

—¿Ves? No lo sabes. —Cruzó los brazos por delante del pecho como si hubiera ganado una especie de competición—. Lo pondremos en la lista de cosas que hacer antes de morir.

—¿Cuál de las dos prefieres? ¿Abrir una ventana y que el vacío del espacio exterior nos aspire para morir congelados o flotar en el centro de la Tierra, que estoy segura de que está compuesto de lava ardiente en la que nos achicharraríamos?

—Las dos. Las pondremos al final de la lista, ya que insistes en ser doña Pesimista.

—Hailey —dijo una voz masculina a nuestra espalda.

Me encogí al reconocerla. Al volverme, vi a Nathan, que nos miraba un poco jadeante y con un aspecto algo desastrado.

—He visto la nota en la pastelería. Sobre lo de venir a la feria. Siento mucho que vayas a cerrar.

—Nathan...

—Ah, tengo una idea —dijo William. Me colocó una mano en la base de la espalda y se inclinó para darme un beso largo y apasionado.

Me dejó sin aliento. Nunca he sido fan de las demostraciones públicas de afecto; pero, dadas las circunstancias, no pensaba protestar. Cuando por fin se apartó, vi que Nathan seguía allí, con los puños apretados.

—¿Qué, ahora nos peleamos? —le preguntó William—. Porque te lo advierto, nadie me hace sangrar.

—Oh, eso es de *Cuestión de pelotas* —susurré—. Me gusta.

Era la prueba de lo mucho que había cambiado desde que conocí a William. Me sentía la mar de tranquila. Conocía lo bastante a William como para saber que, en realidad, iba a hacer todo lo posible para no llegar a las manos con Nathan. Porque las peleas no formaban parte de su estilo. Seguro que era capaz de convencer a un oso furioso para que no lo atacara. En parte, me alegraba que Nathan hubiera aparecido, porque por primera vez me sentía preparada para decir las palabras exactas con las que ponerle fin a esa situación.

—Nathan —le dije—, llevas años siendo una carga emocional para mí. Me quedé varada en la relación que mantuvimos y en la sensación de haber perdido el tiempo o quizá de traición por como acabaron las cosas. Permití que la experiencia me traumatizara hasta el punto de evitar otras relaciones y de intentar cosas nuevas. Has sido como un ancla alrededor de mi tobillo, y he permitido que lo fueras. Y, en fin, creo que yo soy lo mismo para ti. Tienes la impresión de que estoy en deuda contigo porque estuvimos saliendo durante mucho tiempo, o como si todavía nos faltara una página por escribir para llegar al final de nuestra historia.

—La última página no está en blanco, por cierto —dijo William—. Si miras la parte inferior verás que pone: «Aquí estuvo William». Además, si miras con atención un poco más abajo, también podrás leer: «William se ha follado a la chica a la que acosas. Varias veces. Y estuvo genial. A ella le gustó mucho. Y esta noche vamos a repetirlo».

—Eso no ayuda —murmuré, dirigiéndome a él.

—Lo siento —replicó él por lo bajini—. Solo intento ayudar.

Le di un apretón en la mano.

—Puedo hacerlo sola. —Miré de nuevo a Nathan—. Admítelo. Esto no tiene nada que ver con el amor. Estás obsesionado conmigo por una cuestión de orgullo. No merece la pena que pierdas más el tiempo.

Nathan me miraba con el ceño fruncido. Creía que iba a hacer lo de siempre, confesarme su amor o decirme que yo no lo entendía, pero agachó la mirada y asintió con la cabeza.

—A lo mejor tienes razón. Mierda. —Se pasó las manos por el pelo y soltó el aire despacio.

William se acercó a él y le dio unas palmaditas en un hombro.

—No pasa nada. Estoy seguro de que tu chica está ahí fuera, en algún sitio.

Nathan se encogió de hombros para zafarse de su mano.

—Eres un capullo, pero, joder, vale. De todas formas, odio mi trabajo y odio esta ciudad. Te deseo una buena vida, Hailey.

—Lo mismo digo —repliqué.

—Espero no volver a verte. —William le quitó el envoltorio a un caramelo de menta y se lo metió en la boca—. ¿Qué? —me dijo.

Meneé la cabeza mientras sonreía.

—De verdad que eres un capullo.

—Ya. Pero, confiesa: te encanta mi capullo.

—A lo mejor un poco.

Me dio un empujón con un hombro al tiempo que reía entre dientes.

—Yo creo que es más bien un mucho.

—Déjalo ya. —Le devolví el empujón entre carcajadas y añadí en voz más baja—: Es un capullo muy... bonito. Y eso es lo único que pienso admitir.

—Lo acepto. Como tú lo aceptas. El capullo y lo que tiene debajo.

Le di un guantazo en un brazo.

—Qué malo eres.

—Eso denota el mal gusto que tienes, porque me quieres tal como soy.

—Empiezo a dudar de mi decisión.

Él se rio.

—Duda todo lo que quieras, pero ahora tendrás que cargar conmigo.

—No recuerdo haber firmado ningún contrato.

—Me hieres, Hailey. Hinqué una rodilla en el suelo con tus bragas en la mano. Hicimos un voto sagrado.

—Casi se me olvida. Hasta que la lavadora nos separe.

—Exacto. Y te digo más: soy rico, así que no sé ni dónde se lava la ropa.

—A ver, técnicamente...

—Chitón —susurró él, que me puso un dedo en los labios y sonrió—. Acepta las cosas tal como son.

El concurso era muy estresante. Food Network siempre lo grababa para retransmitirlo después. Según se rumoreaba, el hijo de uno de los productores formaba parte del comité organizador de la feria y, en cuanto se corrió la voz de que todos los años grababan un programa durante la misma, el nivel de la competición aumentó. En realidad, no había mucho que hacer, salvo extender la masa, cortar las galletas y colocarlas en las bandejas; pero, de todas formas, tenía el estómago encogido.

Me costó un poco de trabajo encontrar a alguien que pudiera proporcionarme una freidora, pero al final William consiguió trabar amistad, o intimidar porque no quiso contarme exactamente qué le había dicho, al chico que vendía *funnelcake* en un puesto cercano. El aceite no era la mezcla que yo quería, pero tendría que apañarme con lo que había.

Las cámaras no se acercaron a mí hasta la última media hora del concurso, cuando todos habíamos sacado las galletas del horno y estábamos esperando a que los jueces las probaran. William estaba sentado entre la multitud y me hacía un gesto levantando los pulgares cada vez que lo miraba. Parecía más nervioso que yo y, cada vez que lo miraba, se me derretía un poco el corazón.

Le eché una ojeada a mis competidores: veinte reposteros habían pasado el primer corte después de que el jurado hubiera probado nuestras galletas mientras trabajábamos. En ese momento, dos jueces caminaban de forma teatral entre la hilera de mesas sobre las que se habían colocado las galletas, seguidos por las cámaras y los técnicos de iluminación con los focos.

El corazón se me iba a salir por la boca y me acordé de toda la familia de Ryan por haberme convencido de que era yo quien debería dar la cara durante el concurso. Él no pensaba seguir en el mundo de la repostería y pensó que sería mejor que fuera yo la imagen de la pastelería. Seguramente tenía razón, pero de todas formas desearía tener algún apoyo, además de William y sus pulgares.

Los jueces por fin llegaron hasta mi mesa y probaron tanto mis galletas de nubes como las rellenas de cereza. Asintieron con entusiasmo y anotaron algo en sus portapapeles, pero no me dijeron nada. Tragué saliva con fuerza una vez que pasaron de largo y, después, solté un suspiro aliviado. No era tan malo como había pensado, pero me encantaría saber si de verdad les habían gustado las galletas.

Una vez que los jueces acabaron con su trabajo, se fueron a su mesa para repasar las notas y deliberar delante de las cámaras. Uno de los cámaras fue pasando por la hilera de concursantes y nos pidió nuestra opinión sobre las posibilidades que teníamos. Cuando me llegó el turno, tuve la impresión de que parpadeaba demasiado por culpa de la intensa luz del foco, pero conseguí balbucear algo parecido a una respuesta coherente y sonreí cuando el cámara se acercó al siguiente concursante.

Los jueces regresaron a lo grande, seguidos por las cámaras y los focos mientras nos rodeaba lo que parecía casi toda la gente que había asistido a la feria.

Uno de los jueces, una mujer de ojos pequeños y nariz grande, se adelantó a los demás. Guardó silencio para aumentar la emoción del momento y después de mirarnos a todos, dijo:

—El primer puesto es para…

—Esto es un puto tongo —masculló William—. ¿El primer puesto se lo lleva una aburrida galleta de *brownie*?

—No pasa nada —repliqué con una carcajada.

Ryan estaba frunciendo el ceño.

—Tiene razón. Menuda cagada.

Candace asintió con la cabeza.

—No puede reclamar el primer puesto si está muerto, ¿verdad? William, tú eres una especie de delincuente, ¿no puedes matarlo?

—Yo robo cosas. Los asesinatos no me van.

—Pues… róbale el corazón del pecho… arrancándoselo —sugirió Candace con una cara tan seria que resultó espeluznante.

—Vaaale. Igual nos estamos pasando un poco —terció Ryan—. Te has llevado mil dólares. No está mal para unas galletas.

—Es un comienzo —convine.

Cuando dejamos el recinto de la feria, William y Ryan llevaban las bolsas cargadas con recipientes herméticos ya vacíos. No nos habíamos alejado mucho cuando se nos acercó a la carrera un hombre con entradas y gafas, ataviado con una camisa y unos chinos.

—Eres Hailey, ¿verdad?

—Sí —contesté.

—Soy Chuck Paterson, productor de Food Network. He probado tus galletas y creo que deberías ser la ganadora.

—Me cae bien —susurró William.

Lo silencié sin apartar la vista de Chuck.

—Gracias.

—Estoy ayudando en el proceso de selección de los participantes de un concurso de repostería llamado *Bake off*. Van a ser diez concursantes que competirán por un premio de diez mil dólares. Normalmente hacemos la selección a través de vídeos que nos envían a la página web, un proceso que se hace con meses de antelación, pero uno de los concursantes ya seleccionados resulta que enfermó de sarampión hace unos días y empezamos a grabar la semana que viene.

—¿Quién coño pilla el sarampión a estas alturas de la vida? —preguntó William.

Intenté darle una patada con disimulo para que se callara.

—¿Me estás ofreciendo un puesto en el concurso? —pregunté.

—Sí. Además, se te pagará por el tiempo que estés en el concurso. Eso incluye los gastos de alojamiento también. El concurso se emitirá durante tres meses, pero lo grabaremos en dos semanas. ¿Puedes hacerlo?

—¿Se le permitirán visitas? —quiso saber William.

—Por supuesto, puede...

—¡Lo haré! ¡Gracias!

Epílogo

Un mes más tarde

Casi había estropeado lo mío con Hailey porque creí que iba detrás de mi dinero, y en ese momento me estaba tirando de los pelos porque se negaba a aceptar un dichoso centavo. Creía que Bruce era terco, pero por fin conozco el verdadero significado de la palabra. Hailey se quedó sin la pastelería hace unas semanas, y luego perdió su apartamento una semana después mientras estaba grabando *Bake Off*. Ni siquiera me dejó pagarle el alquiler de un apartamento un par de meses ni el alojamiento en un hotel. Una vez que terminó la grabación, insistió en irse de mi casa, donde nos veíamos. Conducía dos horas todos los días entre la ida y la vuelta para quedarse con la abuela Loca de Atar en la residencia de ancianos.

Decirle «terca» era quedarse muy corto.

Ganó el primer premio del programa. Arrasó en la ronda final con un híbrido de su tarta de cereza y las Bolitas Dicharacheras que hacía en la pastelería. Aunque era diez mil dólares más rica, insistió en usar el dinero para abrir una pastelería fuera de la ciudad, de modo que sus noches seguían llenas de veladas de bingo y de tejo en la residencia, al menos de momento. Estaba trabajando como ayudante a jornada completa en una pastelería para ahorrar todo lo que pudiera. Había dejado que se quedara con Gremlin durante una semana antes de llevármela de nuevo a casa. La perrita causaba sensación en la residencia de ancianos, de modo que accedí a regañadientes a continuar con esa chorrada de la custodia compartida.

Me reuní con Bruce y Natasha en el aparcamiento de la famosa residencia de ancianos de la abuela.

—¿Estás listo? —me preguntó Bruce.

—¿Cómo de listo tengo que estar para pasar una velada de bingo en la residencia de ancianos?

—Depende de lo listo que suelas estar antes de que te den una patada en el culo.

Natasha contuvo una carcajada.

—¿Crees que podríamos meter a nuestros padres aquí? A lo mejor la abuela de Hailey podría meterlos en vereda.

Gruñí sin querer contestarle. Siempre me sentía un poco mal cuando Bruce insultaba a nuestros padres. Sabía que ellos tenían una relación distinta, y me resultaba todavía más incómodo después de haber visto una versión más realista de cómo eran cuando intentaron que Hailey y yo cortáramos. No los había visto ni había aceptado sus llamadas desde entonces porque, en el fondo, creo que sabía que iba a tener que aceptar la verdad. Solo me preferían a mí, y no a Bruce, porque creían que yo sería una víctima más fácil. A sus ojos, yo era el felpudo.

En el pasado, darme cuenta de que las mujeres me usaban en busca de dinero había supuesto un duro golpe para mi orgullo, pero darme cuenta de que me había cegado de forma voluntaria a la forma de ser de mis manipuladores padres iba a ser un golpe de otra dimensión. Pero en otro momento. No era algo urgente, y podía retrasarlo todo lo que me diera la real gana.

Una vez dentro, encontramos a un montón de viejos chiflados emocionados por el gran premio de la noche de bingo. El ganador escogía lo que se veía en la tele del salón con el mejor sofá durante todo el fin de semana. Dado que me había visto obligado a visitar el lugar más de lo que quería admitir, conocía muy bien lo brutales que podían ser esos ancianitos con tal de tener el poder del mando todo el fin de semana. Si

Hailey o yo ganábamos, podíamos escoger al ganador, lo que equivalía a que la abuela tenía a tres caballos corriendo para ella... Un detallito que ninguno de los otros residentes se atrevía a echarle en cara.

La abuela estaba sentada con Hailey en el fondo y nos hizo señas con la mano al vernos.

Bruce y Natasha me siguieron con paso vacilante. Los tres llamábamos la atención, claro que Bruce y yo siempre llamábamos la atención. Si nos juntábamos con Hailey y Natasha, habría que usar gafas de sol para mirarnos directamente, o tal vez una de esas cosas de cartón que se usaban para ver un eclipse sin quemarte las retinas.

Le di un beso rapidito a Hailey al sentarnos y luego un apretón en el culo. La mujer que estaba detrás jadeó, de modo que me volví y le guiñé un ojo. Se quedó horrorizada un segundo, pero luego echó la cabeza hacia atrás, recuperó el espíritu de su juventud y me miró meneando las cejas.

Me di la vuelta a toda prisa, me senté bien y clavé la vista al frente como un soldado en estado de shock. Si a alguien se le ocurriera decirme que la libido disminuye con la edad, lo mandaría a pasar unos días en una residencia de ancianos.

—Que sepas —le susurré a Hailey, para lo que me incliné hacia ella— que de no ser por la menopausia, creo que estos sitios serían un hervidero de embarazos no deseados y de apasionados triángulos amorosos. Sí, lo he dicho. Ancianos que practican el sexo. Asúmelo.

Me miró con asco.

—A veces me pregunto lo que tienes en la cabeza.

—¿Para qué te preguntas nada? Si es exactamente lo mismo que me sale por la boca.

Hailey meneó la cabeza, sonriendo.

—¿Por qué será que no me sorprende?

—¿Quién es este joven tan apuesto? —La abuela miraba a Bruce. Ese día llevaba el pelo blanco de punta, como si los mechones fueran bastoncillos de los oídos. Tenía los ojos más brillantes y azules que nunca, y seguía dando la impresión de que si la mirabas mal, te asestaría un derechazo sin pensárselo. La mujer era aterradora, pero también mona, todo lo mona que podía serlo una anciana.

—Soy Bruce Chamberson. Le presento a mi esposa, Natasha.

La abuela los miró a los dos con seriedad antes de asentir con la cabeza y sonreír.

—Me caes mejor que tu hermano, Bruce. Es un capullo integral.

—¿A qué coño viene eso? —protesté.

—Me robaste las zapatillas. ¡Sé que fuiste tú! —exclamó la abuela, señalándome con el dedo.

Levanté las manos.

—Un momento, un momento. Que haya robado un par de cosillas en el pasado no quiere decir que puedas culparme cuando la demencia empieza a aparecer.

—Se acabó —dijo la mujer al tiempo que se levantaba—. Hoy voy a abrirte en canal.

Me eché a reír.

—¿Has estado viendo series de polis o algo?

—¿Es que no podéis llevaros bien por una vez? —preguntó Hailey con voz hastiada.

—Si le dices a esta vieja senil que deje de psicoanalizarme todos los putos días, puede que lo haga —contesté, furioso.

—Como tu novio delincuente me robe otra cosa, pienso ahogarlo con todo ese dinero que tiene.

—¡No tienes fuerza en los brazos!

—¿En serio? —Bruce estaba de pie, a mi lado, mirándonos como si estuviéramos como cabras.

Hailey carraspeó mientras la abuela me fulminaba con la mirada.

—No se llevan demasiado bien. Pero si le das un poco de alcohol a cada uno, se convierten en almas gemelas.

—Eso es una mentira como la copa de un pino —masculló la abuela.

—¿Cómo has conseguido que te dejen quedarte aquí?

—preguntó Natasha cuando Bruce y ella se sentaron a mi derecha. Los asientos eran una mezcla variopinta de sillas plegables, butacas y frágiles sillas de plástico.

—Creo que le tenían demasiado miedo a la abuela como para negarse —contestó Hailey—. Estoy segura de que si me quedo demasiado tiempo, empezarán a protestar, pero de momento va todo bien. Duermo en el sofá de su habitación.

—Y ronca como un rinoceronte —añadió la abuela.

Hailey se puso colorada.

—La verdad es que he tenido un problemilla de obstrucción nasal estos días.

—¡Ja! Que te metas en la boca lo que este delincuente tiene entre las piernas no cuenta como obstrucción nasal, guapa.

Natasha estaba bebiendo agua y se atragantó. Escupió un poco, se meció en la silla y empezó a caerse hacia atrás. Bruce extendió el brazo con calma, sujetó la silla y la colocó derecha como si fuera lo más normal del mundo.

Me desternillé de la risa y extendí el brazo para chocar los cinco con la abuela. Estaba como un cencerro, pero podía ser muy graciosa cuando se lo proponía, tenía que admitirlo.

Una chica se subió al escenario y le evitó a Hailey el humillante silencio que seguiría a esa lapidaria frase. La chica empezó con el bingo mientras varios empleados repartían los cartones.

—Perdona —le dije a Hailey, y me levanté para abrirme paso hasta el escenario.

La chica ladeó la cabeza y me miró, desconcertada.

—Necesito el... Sí, a ver, déjame... ¡Dame el puto cacharro! —gruñí cuando por fin me permitió quitarle el micrófono de la mano. Mi última frase sonó como un cañonazo a través del micro y silenció a la multitud—. Ahora te lo devuelvo, tranquila. Es que tengo un mensaje para mi chica.

Hailey ya había enterrado la cara entre las manos, pero había separado los dedos lo justo para poder mirarme.

—Cuando nos conocimos, te compré la cereza y te desfloré. Casi cortamos cuando me tiraste una tarta de cereza a la cabeza tan fuerte que estuvo a punto de matarme. Y ahora quiero terminar esto de la misma manera que empezó. Con una cereza. —Me saqué una cereza del bolsillo y se la lancé. Al ensayar la escenita, la Hailey imaginaria tenía cierta habilidad atlética y coordinación entre la vista y las extremidades. La Hailey real, al parecer, carecía de ambas cosas.

La cereza la golpeó en la frente y cayó al suelo. Ella echó la cabeza hacia atrás, sorprendida, y se llevó las manos a la frente.

—Ay, mierda —masculló antes de soltar el micro y volver a toda prisa junto a ella.

La multitud murmuraba cuando llegué a su lado y encontré la cereza en el suelo. Aparté el sillón de un anciano que estaba dormido delante de Hailey para hacerme sitio y poder arrodillarme. Sostuve la cereza en alto con una rodilla hincada en el suelo.

—¿Te comerás mi cereza?

—¿Cómo? —me preguntó.

—Muérdela —le pedí.

Parecía preocupada, como si creyera que había perdido el juicio.

—¡Ha estado en el suelo!

—Solo un mordisquito, pero hazlo despacio o te romperás los dientes.

Me quitó la cereza de los dedos y le clavó los dientes muy despacio, deteniéndose al tocarlo. Se sacó la cereza de la boca, le clavó las uñas un instante y luego sacó el anillo de compromiso que había metido en la cereza… con un poco de ayuda de pegamento comestible y un cuchillo, algo que dio un resultado mucho mejor de lo que había esperado.

Se mordió el labio.

—Me encantaría.

—Cómete mi cereza —dije—. Lo siento, es que me había imaginado la escena de principio a fin. Se supone que eso es lo que ibas a decir tú.

—Me encantaría comerme tu cereza.

—¡Joder, sí! —Cogí el anillo y se lo puse en el dedo antes de besarla.

—Es lo más tonto que he visto en la vida —protestó Bruce.

—Ya vale —lo regañó Natasha—. Ha sido muy tierno.

—Al menos, tiene dinero. —La abuela se las había apañado para coger la cereza y se la estaba comiendo.

—¡Abuela! —Hailey parecía escandalizada, pero la sonrisa contrarrestó el efecto.

La aludida se encogió de hombros.

—Es verdad. Yo me casaría con Quasimodo si tuviera la pasta suficiente.

—No voy a aceptarlo por su dinero.

—Mierda —dije—. ¿Eso es un no?

Hailey se echó a reír.

—Es un sí.

—Ah, vale, porque le he pagado a Earl para que lo grabara todo con mi móvil y no me apetece tener un vídeo en el que me rechazan. ¡Earl! ¿Lo has grabado todo?

—¿Mande? —Earl parecía que acababa de despertarse de un sueñecito.

—Inútil total —mascullé.

—¡Ya vale de gilipolleces! —exclamó la abuela—. Ponen *Corrupción en Miami* este viernes y tengo que ver *Todo queda en casa* una vez más, leches, o me voy a cargar a alguien.

—Esta noche te quedas sola, abuela —le dije—. Nunca me he acostado con mi prometida.

Bruce gruñó, asqueado.

—¿Y nosotros qué?

—Toma. —Metí la mano en el bolsillo y le di lo que saqué. Era una banana grande y preciosa—. ¿Lo ves? He pensado en ti.

Levanté en brazos a Hailey de la silla antes de que tuviera tiempo de ponerse en pie sola.

—Que sepas que puedo andar —protestó entre risas.

—Ya, pero ahora puedo decir que te he robado y puedo usar la broma ñoña que he planeado de camino hasta aquí.

Vi cómo se preparaba para lo peor.

—Eres la mejor cereza que he robado jamás.

Estaba en mitad del salón de trofeos, admirando la pieza central de mi colección: la banana que le había robado a Bruce. Ya le había hablado a Hailey de mi colección, pero era muy probable que no tuviera ni idea de que era, literalmente, un lugar lleno de objetos robados. Al fin y al cabo, todo hombre tiene secretos. Mi colección Hailey ya contaba con unas flores marchitas, el molde de la tarta que me había hecho un buen chichón en la frente, unas cuantas braguitas y algunas horquillas para el pelo. También había empezado mi colección Abuela al lado, que consistía en dos pares de zapatillas, rulos, un cortaúñas y un as que le había robado de las manos durante una partida de póquer.

Ese día era mi cumpleaños, y Hailey llevaba todo el día dándome largas, de modo que decidí ir al despacho y guardar el cortaúñas que le había robado a la abuela la noche anterior... Me acusó de hacer trampas, así que se lo había buscado.

Abrí la puerta secreta para regresar al despacho y me quedé de piedra.

Hailey, Candace, Bruce, Natasha y Ryan estaban allí, con regalos. Habían colocado globos y serpentinas por todas partes y también había confeti.

—¡Sorpresa! —exclamó Natasha. La sonrisa desapareció de su cara al mirar más allá del enorme globo que le bloqueaba la visión—. ¿Qué leches...?

—No es lo que parece —dije.

Todos tenían los ojos clavados, con expresión algo desencajada, detrás de mí. Uno a uno, entraron muy despacio.

Bruce se detuvo delante de la banana, con el ceño fruncido.

—Lo sabía... —murmuró.

—¿En serio? —preguntó Natasha—. ¿Tienes un puñetero salón de trofeos para todo esto?

—¿Cómo? —dijo Bruce—. Eso quiero saber yo. ¿Cómo has

conseguido hacer algo así delante de mis narices? No nos movimos de aquí durante las obras.

—Me aseguraba de que siempre tuvieras el plano equivocado mientras lo inspeccionábamos todo. Marqué esta zona como un despacho adjunto para una secretaria. Me sorprendió que nunca te dieras cuenta del cambio.

Mi hermano meneó la cabeza.

—¿Esa peluca es de alguien? —preguntó Ryan, que tocaba con tiento un trozo de pelo colgado de la pared.

—Joder, ya lo creo que sí.

—¡La leche! Qué bueno —replicó.

—Oye, ¿por qué no hay una sección para mí? —preguntó Natasha, que parecía un poco ofendida.

—Bruce es un poco protector, así que siempre te he considerado zona libre de robos. Lo siento.

Ella sopesó sus palabras.

—Me parece justo, me vale.

—¿Y tu hermano no es una zona libre de robos? —quiso saber Bruce—. ¿Esos son mis putos calcetines?

—Bueno… —me apresuré a decir antes de acercarme a Hailey—. ¿Qué te parece?

Ella estaba mirando con los ojos como platos su propia sección.

—Creo que me voy a casar con un psicópata. Pero… creo que me gusta.

Le di un apretón en el culo.

—Sabía que me gustabas. —La levanté por la cintura y la subí a uno de los pedestales de su colección—. Damas y caballeros —dije para llamarles la atención—, la joya de la corona de mi colección.

Hailey puso los ojos en blanco, pero se mordió el labio.

—Mira que eres ñoño.

—Mira quién se va a casar conmigo. —Me coloqué entre sus piernas y eché la cabeza hacia atrás para que me besara.

—De momento —repuso, besándome.

—Dime que no me quieres, listilla.

Ella sonrió.

—¿Lo ves? No puedes. Me quieres a rabiar.

—Ya vale —dijo entre carcajadas—, nos están mirando.

—Bien. Mirad cómo mi prometida me declara amor eterno.

Todos nos miraron con evidente guasa.

—Quiero a William, aunque salta a la vista que tiene problemas.

—Vamos. Dilo bien.

—Te quiero —dijo ella en voz baja. Agachó la cabeza hasta que apoyó la frente en la mía.

—Yo también te quiero. Ahora solo tengo que averiguar cómo dejarte clavada en este sitio. Creo que los clavos dolerán demasiado. ¿Unas esposas?

Su cereza

SE ACABÓ DE IMPRIMIR

EN PRIMAVERA DEL 2019

EN LOS TALLERES GRÁFICOS DE EGEDSA

ROÍS DE CORELLA 12-16, NAVE 1

SABADELL (BARCELONA)